死亡不是失去生命，而是走出了时间。

河边的错误

余华 著

时代文艺出版社

图书在版编目（CIP）数据

河边的错误 / 余华著. —2版. — 长春：时代文艺出版社，2020.1

ISBN 978-7-5387-5433-9

Ⅰ. ①河… Ⅱ. ①余… Ⅲ. ①中篇小说－小说集－中国－当代 Ⅳ. ①I247.5

中国版本图书馆CIP数据核字（2019）第231743号

出 品 人　陈　琛
产品总监　邓淑杰
责任编辑　王　峰
特约监制　李　铮　唐虓珲
特约编辑　姜玉亮
装帧设计　弘果文化传媒

河边的错误

余华 著

出版发行 / 时代文艺出版社
地址 / 长春市福祉大路5788号　龙腾国际大厦A座15层　邮编 / 130118
总编办 / 0431-81629751　发行部 / 0431-81629755　北京开发部 / 010-63108163
官方微博 / weibo.com / tlapress　天猫旗舰店 / sdwycbsgf.tmall.com
印刷 / 吉林省吉广国际广告股份有限公司
开本 / 880mm × 1230mm　1 / 32　字数 / 155千字　印张 / 7
版次 / 2020年1月第2版　印次 / 2020年1月第1次印刷　定价 / 42.00元

图书如有印装错误　请寄回印厂调换

目录

代序

命运的看法比我们更准确

我曾经被这样的两句话所深深吸引，第一句话来自美国作家艾萨克·辛格的哥哥。这位很早就开始写作，后来又被人们完全遗忘的作家这样教导他的弟弟："看法总是要陈旧过时，而事实永远不会陈旧过时。"第二句话出自一位古老的希腊人之口："命运的看法比我们更准确。"

在这里，他们都否定了"看法"，而且都为此寻找到一个有力的借口：那位辛格家族的成员十分实际地强调了"事实"；古希腊人则更相信不可知的事物，指出的是"命运"。他们有一点是相同的，那就是"事实"和"命运"都要比"看法"宽广得多，就像秋天一样；而"看法”又是什么？在他们眼中很可能只是一片树叶。人们总是喜欢不断地发表自己的看法，这几乎成了狂妄自大的根源，于是人们真以为一叶可以见秋了，而忘记了它其实只是一个形容词。

后来，我又读到了蒙田的书，这位令人赞叹不已的作家告诉我们：“按自己的能力来判断事物的正误是愚蠢的。”他说：“为什么不想一想，我们自己的看法常常充满矛盾？多少昨天还是信条的东西，今天却成了谎言？”蒙田暗示我们：“看法”在很大程度上是虚荣和好奇在作怪，“好奇心引导我们到处管闲事，虚荣心则禁止我们留下悬而未决的问题”。

四个世纪以后，很多知名人士站出来为蒙田的话作证。1943 年，IBM 公司的董事长托马斯·沃森胸有成竹地告诉人们：“我想，五台计算机足以满足整个世界市场。”另一位无声电影时代造就的富翁哈里·华纳，在 1927 年坚信：“哪一个家伙愿意听到演员发出声音？”而蒙田的同胞福煦元帅，这位法国高级军事学院院长，第一次世界大战协约国军总司令，对当时刚刚出现的飞机十分喜爱，他说：“飞机是一种有趣的玩具，但毫无军事价值。”

我知道能让蒙田深感愉快的证词远远不止这些。这些证人的错误并不是信口开河，并不是不负责任地说一些自己不太了解的事物。他们所说的恰恰是他们最熟悉的，无论是托马斯·沃森，还是哈里·华纳，或者是福煦元帅，都毫无疑问地拥有着上述看法的权威。问题就出在这里，权威往往是自负的开始，就像得意使人忘形一样，他们开始对未来发表看法了。而对他们来说，未来仅仅只是时间向前延伸而已，除此之外他们对未来就一无所知了。就像1899年那位美国专利局的委员下令拆除他的办公室一样，理由是“天底下发明得出来的东西都已经发明完了”。

有趣的是，他们所不知道的未来却牢牢地记住了他们，使他们在各种不同语言的报刊的夹缝里，以笑料的方式获得永生。

很多人喜欢说这样一句话：“不知道的事就不要说。”这似乎是谨慎和谦虚的质，而且还时常被认为是一些成功的标志。在发表看法时小心翼翼固然很好，问题是人们如何判断知道与不知道？事实上很少有人会对自己所不知道的事大加议论，人们习惯于在自己知道的事物上发表不知道的看法，并且乐此不疲。这是不是知识带来的自信？

我有一位朋友，年轻时在大学学习西方哲学，现在是一位成功的商人。他有一个十分有趣的看法，有一天他告诉我，他说：“我的大脑就像是一口池塘，别人的书就像是一块石子；石子扔进池塘激起的是水波，而不会激起石子。”最后他这样说：“因此别人的知识在我脑子里装得再多，也是别人的，不会是我的。”

他的原话是用来抵挡当时老师的批评，在大学时他是一个不喜欢读书的学生，现在重温他的看法时，除了有趣之外，也会使不少人信服，但是不能去经受太多的反驳。

这位朋友的话倒是指出了这样一个事实：那些轻易发表看法的人，很可能经常将别人的知识误解成是自己的，将过去的知识误解成未来的。然后，这个世界上就出现了层出不穷的笑话。

有一些聪明的看法，当它们被发表时，常常是绕过了看法。就像那位希腊人，他让命运的看法来代替生活的看法；还有艾萨克·辛格的哥哥，尽管这位失败的作家没有能够证明“只有事实不会陈旧过时”，但是他的弟弟，那位对哥哥很可能是随口说出的话坚信不已的艾萨克·辛格，却向我们提供了成功的范例。辛格的作品确实如此。

对他们而言，真正的“看法”又是什么呢？当别人选择道路的时候，他们选择的似乎是路口，那些交叉的或者是十字的路口。他们在否定“看法”的时候，其实也选择了“看法”。这一点谁都知道，因为要做到真正的没有看法是不可能的。既然一个双目失明的人同样可以行走，一个具备了理解的人如何能够放弃判断？

是不是说，真正的“看法”是无法确定的，或者说“看法”应该是内心深处迟疑不决的活动，如果真是这样，那么看法就是沉默。可是所有的人都在发出声音，包括希腊人、辛格的哥哥，当然也有蒙田。

与别人不同的是，蒙田他们不约而同地选择了怀疑主义的立场，他们似乎相信“任何一个命题的对面，都存在着另外一个命题”。

另外一些人也相信这个立场。在去年，也就是 1996 年，有一位琼斯小姐荣获了美国俄亥俄州一个私人基金会设立的“贞洁奖”，获奖理由十分简单，就是这位琼斯小姐的年龄和她处女膜的年龄一样，都是三十八岁。琼斯小姐走上领奖台时这样说：“我领取的绝不是什么‘处女奖’，我天生厌恶男人，敌视男人，所以我今年三十八岁了，还没有被破坏处女膜。应该说，这五万美元是我获得的敌视男人奖。”这个由那些精力过剩的男人设立的奖，本来应该奖给这个性乱时代的贞洁处女，结果却落到了他们最大的敌人手中，琼斯小姐要消灭性的存在。这是致命的打击，因为对那些好事的男人来说，没有性肯定比性乱更糟糕。有意思的是，他们竟然天衣无缝地结合在一起。

由此可见，我们生活中的看法已经是无奇不有。既然两个完全对立的看法都可以荣辱与共，其他的看法自然也应该得到它们的身份证。

米兰·昆德拉在他的《笑忘书》里，让一位哲学教授说出这样一句话：“自詹姆斯·乔伊斯以来，我们已经知道我们生活的最伟大的冒险在于冒险的不存在……”这句话很受欢迎，并且成为一部法文小说的卷首题词。这句话所表达的看法和它的句式一样圆滑，它的优点是能够让反对它的人不知所措，同样也让赞成它的人不知所措。如果模仿那位哲学教授的话，就可以这么说：这句话所表达的最重要的看法在于看法的不存在。

几年以后，米兰·昆德拉在《被背叛的遗嘱》里旧话重提，他说：“……这不过是一些精巧的混账话。当年，20世纪70年代，我在周围到处听到这些，补缀着结构主义和精神分析残渣的大学圈里的扯淡。”

还有这样的一些看法，它们的存在并不是为了指出什么，也不是为说服什么，仅仅只是为了乐趣，有时候就像是游戏。在博尔赫斯的一个短篇故事《特隆·乌尔巴尔，奥尔比斯·特蒂乌斯》里，述者和他的朋友从寻找一句名言的出处开始，最后进入了一个幻想的世界。

那句引导他们的名言是这样的："镜子与交媾都是污秽的，因为它们同样使人口数目增加。"

这句出自乌尔巴尔一位祭师之口的名言，显然带有宗教的暗示，在它的后面似乎还矗立着禁忌的柱子。然而当这句话时过境迁之后，作为语句的独立性也浮现了出来。现在，当我们放弃它所有的背景，单纯地看待它时，就会发现自己已经被这句话里奇妙的乐趣所深深吸引，从而忘记了它的看法是否合理。所以对很多看法，我们都不能以斤斤计较的方式去对待。

因为"命运的看法比我们更准确"，而且"看法总是要陈旧过时"。这些年来，我始终信任这样的话，并且视自己为他们中的一员。我知道一个作家需要什么，就像但丁所说："我喜欢怀疑不亚于肯定。"

我已经有十五年的写作历史，我知道这并不长久，我要说的是写作会改变一个人，尤其是擅长虚构述的人。作家长时期的写作，会使自己变得越来越软弱、胆小和犹豫不决；那些被认为应该克服的缺点在我这里常常是应有尽有，而人们颂扬的刚毅、果断和英勇无畏则只能在我虚构的笔下出现。思维的训练将我一步一步地推到了深深的怀疑之中，从而使我逐渐地失去理性的能力，使我的思想变得害羞和不敢说话；而另一方面的能力却是茁壮成长，我能够准确地知道一粒纽扣掉到地上时的声响和它滚动的姿态，而且对我来说，它比死去一位总统重要得多。

最后，我要说的是作为一个作家的看法。因此，我想继续谈一谈博尔赫斯，在他那篇迷人的故事《永生》里，有一个“流利自如地说几种语言，说法语时很快转换成英语，又转成叫人捉摸不透的萨洛尼卡的西班牙语和澳门的葡萄牙语”的人，这个干瘦憔悴的人在这个世上已经生活了很多个世纪。在很多个世纪之前，他在沙漠里历经艰辛，找到了一条使人超越死亡的秘密河流和岸边的永生者的城市（其实是穴居人的废墟）。

博尔赫斯在小说里这样写：“我一连好几天没有找到水，毒辣的太阳，干渴和对干渴的恐惧使日子长得难以忍受。”这个句子为什么令人赞叹，就是因为在“干渴”的后面，博尔赫斯告诉我们还有更可怕的“对干渴的恐惧”。

我相信这就是一个作家的看法。

余华

河边的错误

第一章

一

住在老邮政弄的幺四婆婆，在这一天下午将要过去、傍晚就要来临的时候发现自己养的一群鹅不知去向。她是准备去给鹅喂食时发现的。那关得很严实的篱笆门，此刻像是夏天的窗户一样敞开了。她心想它们准是到河边去了。于是她就锁上房门，向河边走去。走时顺手从门后拿了一根竹竿。

那是初秋时节，户外的空气流动时很欢畅，秋风吹动着街道两旁的树叶，发出“沙沙”那种下雨似的声音。落日尚未西沉，天空像火烧般通红。

幺四婆婆远远就看到了那一群鹅，鹅在清静的河面上像船一样浮来浮去，另一些鹅在河岸草丛里或卧或缓缓走动。幺四婆婆走到它们近旁时，它们毫无反应，一如刚才。本来她是准备将它们赶回去的，可这时又改变了主意。她便在它们中间站住，双手支撑着那根竹竿，像支撑着一根拐杖，她眯起眼睛如看孩子似的看起了这些白色的鹅。

看了一会儿，幺四婆婆觉得时候不早了，该将它们赶到篱笆里去。于是她上前了几步，站在河边。嘴里“哦哦”地呼唤起来。在她的呼唤下，草丛中的鹅都纷纷一挪一挪地朝她跑来，而河里的鹅则开始慢慢地游向岸边，然后一只一只地爬到岸上，纷纷张开翅膀抖了起来。接着有一只鹅向幺四婆婆跑了过去，于是所有的鹅都张开翅膀跑了起来。

幺四婆婆嘴里仍然“哦哦”地叫着，因为有一只鹅仍在河里。那是一只小鹅，它仿佛没有听到她的呼唤，依旧在水面上静悄悄地移动着，而且时时突然一个猛扎，扎后又没事一般继续游着，远远望去，优美无比，似乎那不是鹅，而是天空里一只飘动的风筝在河里的倒影。

幺四婆婆的呼唤尽管十分亲切，可显然已经徒劳了，于是她开始“嘘嘘”地叫了起来，同时手里的竹竿也挥动了，聚集在她身旁的那些鹅立刻散了开去。她慢慢移动脚步，将鹅群又赶入河中。

当看到那群被赶下去的鹅已将那只调皮的小鹅围在中间后，她又“哦哦”地呼唤起来。听到了幺四婆婆的呼唤，河里所有的鹅立刻都朝岸边游来。那情景真像是雪花纷纷朝窗口飘来似的。这时幺四婆婆感到身后有脚步走来的声音。当她感觉到声音时，那人其实已经站在她身后了，于是她回过头来张望……

他觉得前面那个人的背影有些熟悉，但一时又想不起究竟是谁。于是他就心里猜想着那人是谁而慢慢地沿着小河走。他知道这人肯定不是他最熟悉的人，但这人他似乎又常常见到。因为在这个只有几千人的小镇里，没有不似曾相识的脸。这时他看到前面那人回头望了他一下，随即又快速地扭了回去。接着他感到那人越走越快，并且似乎跑了起来。然后他看不到那人了。

他是在这个时候看到那一群鹅的，于是他就兴致勃勃地走了过去。但是当他走到鹅中间时，不由大惊失色……

初秋时节依然是日长夜短。此刻落日已经西沉，但天色尚未灰暗。她在河边走着。

她很远就看到了那一群卧在草丛里的鹅，但她没看到往常常见到的幺四婆婆。她漫不经心地走了过去。走到近旁时那群鹅纷纷朝她奔来，有几只鹅伸着长长的脖颈，围上去像是要啄她似的，她慌忙转过身准备跑。

当她转过身去时不由发出了一声惊叫，同时呆呆地站了好一会儿，然后她没命地奔跑了起来。没跑出多远她就摔在地上，于是她惊慌地哭了起来。哭了一阵后，她才朝四周望去，四周空无一人。她就爬起来继续跑。她感到两腿发软，怎么跑也跑不快，当跑到街上时，她又摔倒了。

这时一个刚与她擦身而过的年轻人停下脚步，惊诧地望着她，她坐在地上爬不起来，只能惊恐地望着他。他犹豫了一下，然后才走上去将她扶起来。同时问："你怎么啦？"

她站起来后用手推开了他，嘴巴张了张，没有声音，便用手指了指小河那个方向。

年轻人惊讶地朝她指的那个方向看去，什么也没有看到。而当他重新回过头来时，她已经慢慢地走了。他朝她的背影看了一下，才莫名其妙地笑笑，继续走自己的路。

那孩子窝囊地在街上走来走去，刚才他也到河边去了。当他一路不停地跑到家中将看到的那些告诉父亲时，父亲却挥手给了他一个耳光，怒喝道："不许胡说。"那时父亲正在打麻将，他看到父亲的朋友都朝着他嘻嘻地笑。于是他就走到角落里，搬了一把椅子在暗处坐了下来。这时母亲提着水壶走来，他忙伸出手去拉住她的衣角，母亲回头望了他一下，他就告诉她了。不料她脸色一沉，说道："别乱说。"孩子不由悲伤起来。他独自一人坐了好一会儿后，便来到了外面。

这时天已经黑了，弄里的路灯闪闪烁烁，静无一人。只有孩子在走来走去，因为心里有事，可又没人来听他叙述，他急躁万分，似乎快要流下眼泪了。

就在这个时候，他看到有几个年轻人走了过来。他立刻跑上去，大声告诉了他们。他看到他们先是一怔，随即都哈哈大笑起来。有一个人还拍拍他的脑袋说："你真会开玩笑。"然后他们就头也不回地走了。

孩子望着他们的背影，心想，他们谁也不相信我。

孩子慢慢地走到了大街上，大街上有很多人在来来往往。商店里的灯光从门窗涌出，铺在街上十分明亮。孩子在人行道上的一棵梧桐树旁站了下来。他看到很多人从他面前走过，他很想告诉他们，但他很犹豫。他觉得他们不会相信他的。因为他是个孩子。他为自己是个孩子而忧伤了起来。

后来他看到有几个比他稍大一点的孩子正站在街对面时，他才兴奋起来，立刻走了过去。他对他们说："河边有颗人头。"

他看到他们都呆住了，便又补充了一句："真的，河边有颗人头。"

他们互相望着，然后才有人问："在什么地方？"

"在河边。"他说。

随即他们中间就有人说："你领我们去看看。"

他认真地点点头，因为他的话被别人相信了，所以他显得很激动。

二

刑警队长马哲是在凌晨两点零六分的时候，被在刑警队值班的小李叫醒的。他的妻子也惊醒过来，睁着眼睛看丈夫穿好衣服，然后又听到丈夫出去时关门的声音。她呆呆地躺了一会儿后，才熄了电灯。

马哲来到局里时，局长刚到。然后他们一行六人坐着局里的小汽艇往案发地点驶去。从县城到那个小镇还没有公路，只有一条河流将它们贯穿起来。

他们来到作案现场时，东方开始微微有些发白，河面闪烁出了点点弱光，两旁的树木隐隐约约。

有几个人拿着手电在那里走来走去，手电的光芒在河面上一道一道地挥舞着。看到有人走来，他们几个人全迎了上去。

马哲他们走到近旁，看到不远处有一个刚刚用土堆成的坟堆。坟堆上有一颗人头。因为天未亮，那人头看上去十分模糊，像是一块毛糙的石头。

马哲伸手拿过身旁那人手中的手电，向那颗人头照去。那是一颗女人的人头，头发披落下来几乎遮住了整个脸部，只有眼睛和嘴若隐若现。

现场保护得很好。马哲拿着手电在附近仔细照了起来。他发现附近的青草被很多双脚踩倒了，于是他马上想象出曾有一大群人来此围观时的情景，各种姿态和各种声音。

这当儿小李拿着照相机从几个不同的角度拍下了现场，然后法医和另两个人走了上去，他们将人头取下，接着去挖坟堆，没一会儿，一具无头女尸便显露了出来。

马哲依旧在近旁转悠。他的脚突然踩住了一种软绵绵的东西。他还没定睛观瞧，就听到脚下响起了几声鹅的叫声，紧接着一大群鹅纷纷叫唤了起来。然后乱哄哄地挤成一团，又四散开去，这时天色开始明亮起来了。

局长走来，于是两个人便朝河边慢慢地走过去。

“罪犯作案后竟会如此布置现场。”马哲感到不可思议。

局长望着潺潺流动的河水，说：“你们就留下来吧。”

马哲扭过头去看那群鹅，此刻它们安静下来了，在草丛里走来走去。

“有什么要求吗？”局长问。

马哲皱一下眉，然后说：“暂时没有。”

“那就这样，我们每天联系一次。”

法医的验尸报告是在这天下午出来的。罪犯是用柴刀突然劈向受害者颈后部的。从创口看，罪犯将受害者劈倒在地后，又用柴刀劈了三十来下，才将死者的头劈下来。死者是住在老邮政弄的幺四婆婆。

小李在一旁插嘴：“这镇上几乎每户人家都有这种柴刀。”

现场没有留下罪犯任何作案时的痕迹。在某种意义上，现场已被那众多的脚印所破坏。

马哲是在这天上午见到那个孩子的。

“所有的人都不相信我。”那孩子得意扬扬地对马哲说，“父亲还打了我一个耳光，说‘不许胡说。’”

“你是什么时候发现的？”马哲问。

“所有的大人都不相信我。”孩子继续在说，“因此我只能告诉和我差不多大的孩子了，他们相信我。”孩子说到这里还装模作样地叹了口气，“本来我是想先告诉大人的。”

“你是在什么时候发现的？”马哲问。

这时孩子才认真对待马哲的问话了。他装出一副回忆的样子，装了很久才说：“我没有手表。”

马哲不禁微笑了。“大致上是什么时候？比如说天是不是黑了，或者天还亮着？”

“天没有黑。”孩子立刻喊了起来。

“那么天还亮着？”

“不，天也不是亮着。”孩子摇了摇头。

马哲又笑了，他问：“是不是天快黑的时候？”

孩子想了想后，才慎重地点点头。

于是马哲便站了起来，可孩子依旧坐着。他似乎非常高兴能和大人交谈。

马哲问他：“你到河边去干什么呢？”

“玩呀。”孩子响亮地回答。

“你常去河边？”

“也不是，我想去哪儿就去哪儿。”

孩子临走时十分认真地对马哲说：“你抓住那个家伙后，让我来看看。”

幺四婆婆离家去河边的时候，老邮政弄有四个人看到她。从他们回忆的时间来看，幺四婆婆是下午四点到四点半的时候去河边的。而孩子发现那颗人头的时候是七点左右。因此罪犯作案是在这三个小时左右的时间里。据查，埋掉幺四婆婆死尸的地方有一个坑，而现在这个坑没有了，因此那坑是现成的。所以估计罪犯作案时间很可能是在一个小时以内完成的。

下午局长打电话来询问时，马哲将上述情况做了汇报。

幺四婆婆的家是在老邮政弄的弄底。那是一间不大的平房。屋内十分整洁，尽管没有什么摆设，可能让人心情舒畅。屋内一些家具是很平常的。引起马哲注意的是放在房梁上的一堆麻绳，麻绳很粗，并且编得很结实。但马哲只是看了一会儿，也没更多地去关注。

吃过晚饭后，马哲独自一人来到了河边。河两旁悄无声息，只有那一群鹅在河里游来游去。

昨天这时，罪犯也许就在这里。他心里这样想着而慢慢走过去。而现在竟然如此静，竟然没人来此。他知道此案已经传遍小镇，他也知道他们是很想来看看的，现在他们没有人敢来，那是他们怕被当成嫌疑犯。

他听到了河水的声音。那声音不像是鹅游动时的声音，倒像是洗衣服的声音，小河在这里转了个弯，他走上前去时，果然看到有人背对着他蹲在河边洗衣服。

他惊讶不已，便故意踏着很响的步子走到这人背后，这人没回过头来，依然洗衣服。他好像不会洗衣服似的，他更像是在河水里玩衣服。

他在这人身后站了一会儿，然后说话了：“你常到这儿来洗衣服？”他知道镇里几年前就装上自来水了，可竟然还会有人到河边来洗衣服。

这时那人扭回头来朝他一笑，这一笑使他大吃一惊。那人又将头转了回去，把被许多小石头压在河里的衣服提出来，在水面上摊平，然后又将小石头一块一块压上去，衣服慢慢沉到了水底。他仔细回味刚才那一笑，心里觉得古怪。此刻那人开始讲话了，自言自语说得很快。一会儿轻声细语，一会儿又大叫大喊。马哲一句也没听懂，但他已经明白了，这人是个疯子。难怪他会在这种时候到这里来。

于是马哲继续往前走。河边柳树的枝长长地倒挂下来，几乎着地。他每走几步都要用手拨开前面的柳枝。当他走出一百来米的时候，他看到草丛里有一样红色的东西。那是一枚蝴蝶形状的发夹。他弯腰捡了起来用手帕包好放进了口袋。接着仔细察看发夹的四周。在靠近河边处青草全都倒地，看来那地方人是经常走的。但发夹刚才搁着的地方却不然，青草没有倒下。可是中间有一块地方青草却明显地斜了下去。大概有人在这里摔倒过，而这发夹大概也是这个人的。“是个女的？”他心想。

“死者叫幺四婆婆。老邮政弄所有的人都这样叫她，不管是老人还是孩子。谁都不知道她的真实姓名，知道的那个人已经死了，那人是她的丈夫，她是十六岁嫁到老邮政弄来的，十八岁时她丈夫死了，现在她六十五岁。这四十八年来她都是独自一人生活过来的。她每个月从镇政府领取生活费，同时自己养了二十多年鹅了。每年都养一大群，因此她积攒下了一大笔钱。据说她把钱藏在胸口，从不离身。这是去年她去镇政府要求不要再给她生活费时才让人知道的。为了让他们相信她，她从胸口掏出了一沓钱来。她的钱从来不存银行，因为她不相信别人。但是我们没有发现她的尸体上有一分钱，在她家中也仔细搜寻过，只在褥子下找到了一些零钱，加起来还不到十元。所以我想这很可能是一桩抢劫杀人案……”小李说到这里朝马哲看看，但马哲没有反应，于是他继续说：“镇里和居委会几次劝她去敬老院，但她好像很害怕那个地方，每次有人对她这么一提起，她就会眼泪汪汪。她独自一人，没有孩子，也从不和街坊邻居往来，她的闲暇时间是消磨在编麻绳上，就是她屋内梁上的那一堆麻绳。但是从前年开始，她突然照顾起了一个三十五岁的疯子，疯子也住在老邮政弄。她像对待自己儿子似的对待那个疯子……”这时小李突然停止说话，眼睛惊奇地望着放在马哲身旁桌子上的红色发夹。“这是什么？”他问。

“在离出事地点一百米处捡的，那地方还有人摔倒的痕迹。”马哲说。

“是个女的！”小李惊愕不已。

马哲没有回答，而是说：“继续说下去。”

三

幺四婆婆牵着疯子的手去买菜的情节，尽管已经时隔两年，可镇上的人都记忆犹新。就是当初人们一拥而上围观的情景，也是历历在目。他们仿佛碰上了百年不遇的高兴事，他们的脸都笑烂了，然而幺四婆婆居然若无其事，只是脸色微微有些泛红，那是她无法压制不断洋溢出来的幸福神色。而疯子则始终是嘻嘻傻笑着。篮子挎在疯子手中，疯子不知是出于愤怒还是出于与他们同样的兴奋，他总把篮子往人群里扔去。幺四婆婆便一次一次地去将篮子捡回来。疯子一次比一次扔得远。起先幺四婆婆还装着若无其事，然而不久她也像他们一样嘻嘻乱笑了。

当初幺四婆婆这一举止，让老邮政弄的人吃了一惊。因为在此之前他们一点儿没有看出她照顾过疯子的种种迹象。所以当她在这一天突然牵着疯子的手出现时他们自然惊愕不已。况且多年来幺四婆婆给他们的印象是讨厌和别人来往，甚至连说句话都很不愿意。

尽管如此，他们还是觉得她这不过是一时的异常举动。这种心血来潮的事在别人身上恐怕也会发生。可是后来的事实却让他们百思不解。有那么一段时间里，他们甚至怀疑幺四婆婆是不是也疯了，直到一年之后，他们才渐渐习以为常。

此后，他们眼中的疯子已不再如从前一样邋遢，他像一个孩子一样干净了，而且他的脖子上居然出现了红领巾。但是他早晨穿了干净的衣服而到了傍晚已经脏得不能不换。于是幺四婆婆屋前的晾衣竿上每天都挂满了疯子的衣服，像是一排尿布似的迎风飘扬。

当吃饭的时候来到时，老邮政弄的人便能常常听到她呼唤疯子的声音。那声音像是一个生气的母亲在呼喊着贪玩不归的孩子。

而且在每一个夏天的傍晚，疯子总像死人似的躺在竹榻里，幺四婆婆坐在一旁用扇子为他拍打蚊虫。

从那时起，幺四婆婆不再那么讨厌和别人说话。尽管她很少说话，可她也开始和街坊邻居一些老太太说些什么了。

她自然是说疯子。她说疯子的口气就像是在说自己的儿子。她常常抱怨疯子不体谅她，早晨换了衣服傍晚又得换。

“他总有一天要把我累死的。”她总是愁眉苦脸地这么说，“他现在还不懂事，还不知道我死后他就要苦了，所以他一点儿也不体谅我。”

这话让那些老太太十分高兴，于是她继续数落：“我对他说吃饭时不要乱走，可我一转身他人就没影了。害得我到处去找他。早晚他要把我累死。”说到这里，幺四婆婆便叹息起来。

“你们不知道，他吃饭时多么难侍候。怎么教他也不用筷子，总是用手抓，我多说他几句，他就把碗往我身上砸。他太淘气了，他还不懂事。”

她还说：“他这么大了，还要吃奶。我不愿意他就打我，后来没办法就让他吸几下，可他把我的奶头咬了下来。”说起这些，她脸上居然没有痛苦之色。

在那些日子里，他们总是看到幺四婆婆把疯子领到屋内，然后关严屋门，半天不出来。他们非常好奇，便悄悄走到窗前。玻璃窗上糊着报纸，没法看进去。他们便蹲在窗下听里面的声音。有声音，但很轻微。只能分辨出幺四婆婆的低声唠叨和疯子的自言自语。有时也寂然无声。当屋内疯子突然大喊大叫时，总要吓他们一跳。

慢慢地他们听到了一种奇特的声音。而且每当这种声音响起来时，又总能同时听到疯子的喊叫声。而且还夹杂着人在屋内跑动的声音，还有人摔倒在地，绊倒椅子的声响。起先他们还以为幺四婆婆是在屋内与疯子玩捉迷藏，心里觉得十分滑稽。可是后来他们却听到了幺四婆婆呻吟的声音。尽管很轻，可却很清晰。于是他们才有些明白，疯子是在揍幺四婆婆。

幺四婆婆的呻吟声与日俱增，越来越响亮，甚至她哭泣求饶的声音也传了出来，而疯子打她的声音也越来越剧烈。然而当他们实在忍不住，去敲她屋门时，却因为她紧闭房门不开而无可奈何。

后来幺四婆婆告诉他们：“他打我时，与我那死去的丈夫一模一样，真狠毒呵。”那时她脸上竟洋溢着幸福的神色。

小李用手一指，告诉马哲：“就是这个疯子。”

此刻那疯子正站在马路中间来回走着正步，脸上得意扬扬。马哲看到的正是昨天傍晚在河边的那个疯子。

四

那女孩子坐在马哲的对面，脸色因为紧张而变得通红。

“……后来我就拼命地跑了起来。”她说。

马哲点点头。“而且你还摔了一跤。”

她蓦然怔住了，然后眼泪簌簌而下。“我知道你们会怀疑我的。”

马哲没有搭理，而是问：“你为什么要去河边？”

她立刻止住眼泪，疑惑地望着马哲，想了很久才喃喃地说：“你刚才好像问过了。”

马哲不动声色地看着她。

“难道没有问过？”她既像是问马哲，又像是问自己。随后又自言自语起来：“好像是没有问过。”

“你为什么去河边？”马哲这时又问。

“为什么？”她开始回想起来，很久后才答：“去找一只发夹。”

“是吗？”

马哲的口气使她一呆，她怀疑地望着马哲，嘴里轻声说：“难道不是？”

“你是什么时候丢失的？”马哲随便地问了一句。

“昨天。”她说。

“昨天什么时候？”

“六点半。”

“那你是什么时候去找的？”

“六点半。”她脱口而出，随即她被自己的回答吓呆了。

“你是在同一个时间里既丢了发夹又在找。”马哲嘲笑地说，接着又补充道：“这可能吗？”

她怔怔地望着马哲，然后眼泪又流了下来。“我知道你们会怀疑我的。”

“你看到过别的什么人吗？”

“看到过。”她似乎有些振奋。

“什么样子？”

“是个男的。”

“个子高吗？”

“不高。”

马哲轻轻笑了起来，说：“可你刚才说是一个高个子。”

她刚刚变得振奋起来的脸立刻又痴呆了。“我刚才真是这样说吗？”她可怜巴巴地问马哲。

“是的。”马哲坚定地说。

“我怎么会这么说呢？”她悲哀地望着马哲。

“你为什么到今天才来？”马哲又问。

“我害怕。”她颤抖着说。

“今天就不害怕了？”

“今天？”她不知该如何回答。她低下了头，然后抽泣起来，“我知道你们会怀疑我的。因为我的发夹丢在那里了，你们肯定要怀疑我了。”

马哲心想，她不知道，使用这种发夹的女孩子非常多，根本无法查出是谁的，“所以你今天来说了。”他说。

她边哭边点着头。“如果发夹不丢，你就不会来说这些了？”马哲说。

“是这样。”

“你真的看到过别的人吗？”马哲突然严肃地问。

“没有。”她哭得更伤心了。

马哲将目光投向窗外，他觉得有点儿累了。他看到窗外有棵榆树，榆树上有灿烂的阳光在跳跃。那女孩子还在伤心地哭着。马哲对她说：“你回去吧，把你的发夹也拿走。”

五

一个星期下来，案件的侦破毫无进展。作为凶器的柴刀，也没有下落。幺四婆婆家中的一把柴刀没有了，显而易见凶手很可能就是用这把柴刀的。据老邮政弄的人回忆，说是幺四婆婆遇害前一个月的时候曾找过柴刀，也就是说那柴刀在一个月前就遗失了，作为一桩抢劫杀人案，看来凶手是早有准备的。马哲曾让人在河里寻找过柴刀，但是没有找到。

这天傍晚，马哲又独自来到河边。河边与他上次来时一样悄无声息。马哲心想：这地方真不错。

然后他看到了在晚霞映照的河面上嬉闹的鹅群。幺四婆婆遇害后，它们就再没回去过。它们日日在此，它们一如从前那么无忧无虑。马哲走过去时，几只在岸上的鹅便迎着他奔来，伸出长长的脖子包围了他。

这个时候，马哲又听到了那曾听到过的水声。于是他提起右脚轻轻踢开了鹅，往前走过去。

他又看到了那个疯子蹲着的背影。疯子依旧在水中玩衣服。疯子背后十米远的地方就是曾搁过幺四婆婆头颅的地方。

在所有的人都不敢到这里来的时候，却有一个疯子经常来，马哲不禁哑然失笑。他觉得疯子也许不知道幺四婆婆已经死了，但他可能会发现已有几天没见到幺四婆婆，幺四婆婆生前常赶着鹅群来河边，现在疯子也常到河边，莫不是疯子在寻找幺四婆婆?

马哲继续往前走。此刻天色在渐渐地灰下来，刚才通红的晚霞现在似乎燃尽般暗下去。马哲听着自己脚步的声音走到一座木桥上。他将身体靠在了栏杆上，栏杆摇晃起来发出“吱吱”的声响。栏杆的声音消失后，河水潺潺流动的声音飘了上来。他看到那疯子这时已经站了起来，提着水淋淋的衣服往回走了，疯子走路姿态像是正在操练的士兵，不一会儿疯子消失了，那一群鹅没有消失。但大多爬到了岸上，在柳树间走来走去。在马哲的视线里时隐时现。他感到鹅的颜色不再像刚才那么白得明亮，开始模糊了。

在他不远处有一幢五层的大楼，他转过身去时看到一些窗户里的灯光正接踵着闪亮了，同时他听到从那些窗户里散出来的声音。声音传到他耳中时已经十分轻微，而且杂乱。但马哲还是分辨出了笑声和歌声。

那是一家工厂的集体宿舍楼。马哲朝它看了很久，然后他像是想起了什么，便离开木桥朝那里走去。

走到马路上，他看到不远处有个孩子正将耳朵贴在一根电线杆上。他从孩子身旁走过去。

“喂！”那孩子叫了一声。

马哲回头望去，此刻孩子已经离开电线杆朝他跑来。马哲马上认出了他，便向他招了招手。

“抓到了吗？”孩子跑到他跟前时这样问。

马哲摇摇头。

孩子不禁失望地埋怨道：“你们真笨。”

马哲问他：“你怎么在这儿？”

“听声音呀，那电线杆里有一种‘嗡嗡’的声音，听起来真不错。”

“你不去河边玩了？”

于是孩子变得垂头丧气，他说：“是爸爸不让我去的。”

马哲像是明白似的点点头。然后拍拍孩子的脑袋，说：“你再去听吧。”

孩子仰起头问：“你不想听吗？”

“不听。”

孩子万分惋惜地走开了，走了几步他突然转过身来说：“你要我帮你抓那家伙吗？”

已经走起来的马哲，听了这话后便停下脚步，他问孩子：“你以前常去河边吗？”

“常去。”孩子点着头，很兴奋地朝他走了过去。

“你常看到过什么人吗？”马哲又问。

“看到过。”孩子立刻回答。

“是谁？”

“是一个大人。”

“是男的吗？”

“是的，是一个很好的大人。”孩子此刻开始得意起来。

“是吗？”马哲说。

“有一次他朝我笑了一下。”孩子非常感动地告诉马哲。

马哲继续问：“你知道他住在什么地方吗？”

“当然知道。”孩子用手一指，“就在这幢楼里。”

这幢耸立在不远处的楼房，正是刚才引起马哲注意的楼房。

“我们去找他吧。”马哲说。

两个人朝那幢大楼走去。那时天完全黑了，传达室的灯光十分昏暗，一个戴老花眼镜的老头儿坐在那里。

“你们这幢楼里住了多少人？”马哲上前搭话。

那老头儿抬起头来看了一会儿马哲，然后问：“你找谁？”

“找那个常去河边的人。”孩子抢先回答。

“去河边？”老头儿一愣。他问马哲：“你是哪儿的？”

“他是公安局的。”孩子十分神气地告诉老头儿。

老头儿听明白了，他想了想后说：“我不知道谁经常去河边。你们自己去找吧。”

马哲正要转身走的时候，那孩子突然叫了起来：“公安局找你。”马哲看到一个刚从身旁擦身而过的人猛地扭过头来，这人非常年轻，最多二十三岁。

“就是他。”孩子说。

那人朝他俩看了一会儿，然后走了上去，走到马哲面前时，他几乎是怒气冲冲地问：“你找我？”

马哲感到这声音里有些颤抖，马哲没有回答，只是看着他。

孩子在一旁说：“他要问你为什么常去河边。”孩子说完还问马哲：“是吗？”

马哲依旧没有说话，那人却朝孩子逼近一步，吼道：“我什么时候去河边了？”吓得孩子赶紧躲到马哲身后。孩子说：“你是去过的。”

“胡说。”那人又吼一声。

“我没有胡说。”孩子可怜地申辩道。

“放你的屁。”那人此刻已经怒不可遏了。

这时马哲开口了，他十分平静地说：“你走吧。”

那人一愣，随后转身就走。马哲觉得他走路时的脚步有点乱。

马哲回过头来问老头儿：“他叫什么名字？”

老头儿犹豫了一下，说：“我不知道。”

“真的不知道？”马哲走上一步。

老头儿又犹豫了起来，结果还是说：“我真不知道。”

马哲看了他一会儿，然后点点头就走了。孩子追上去，说：“我没有说谎。”

“我知道。”马哲亲切地拍拍他的脑袋。

回到住所，马哲对小李说：“你明天上午去农机厂调查一个年轻人，你就去找他们集体宿舍楼的门卫，那是一个戴眼镜的老头儿，他会告诉你一切的。”

六

“那是一个很不错的老头儿。”小李说。“我刚介绍了自己，他马上把所有的情况都告诉了我。仿佛他事先准备过似的。不过他好像很害怕，只要一有人进来他马上就不说了。而且还介绍说我住在不远。是来找他聊天的。但是这老头儿真不错。”

马哲听到这里不禁微微一笑。

小李继续说："那人名叫王宏，今年二十二岁，是两年前进厂的。他这人有些孤僻，不太与人交往。他喜欢晚饭后去那河边散步。除了下雨和下雪外，他几乎天天去河边。出事的那天晚上，他是五点半多一点儿的时候出去，六点钟回来的，他一定去河边了。当八点多时，宿舍里的人听说河边有颗人头都跑去看了，但他没去。门卫那老头看到他站在二楼窗口，那时老头儿还很奇怪他怎么没去。"

王宏在这天下午找上门来了。他一看到马哲就气势汹汹地责问："你凭什么理由调查我？"

"谁告诉你的？"马哲问。

他听后一愣，然后嘟哝着："反正你们调查我了。"

马哲说："你来就是为了说这些？"

他又是一愣，看着马哲有点儿不知所措。

"那天傍晚你去河边了？"

"是的。"他说，"我不怕你们怀疑我。"

马哲继续说："你是五点半多一点儿出去六点钟才回来的，这段时间里你在河边？"

"我不怕你们怀疑我。我告诉你，我是天不怕地不怕的。你可以到厂里去打听打听。"

"现在要你回答我。"

他迟疑了一下，然后说："我先到街上买了盒香烟，然后去了河边。"

"在河边看到了什么？"

他又迟疑了一下，说道："看到那颗人头。"

"你昨天为何说没去过河边？"

"我讨厌你们。"他叫了起来，"我讨厌你们，你们谁都怀疑，我不想和你们打交道。"

马哲又问："你看到过什么人？"

"看到的。"他说着在椅子上坐下来，"我今天就是来告诉你们的，我看到的只是背影，所以说不准。"他飞快地说出一个姓名和单位，"本来我不想告诉你们，要不说你们就要怀疑我了。尽管我不怕，但我不想和你们打交道。"

马哲点点头，表示知道了他的意思，然后说："你先回去吧，什么时候叫你，你再来。"

七

据了解，王宏所说的那个人在案发的第二天就请了病假，已经近半个月了，仍没上班。从那人病假开始的第一天，他们单位的人就再也没有见到他。

"难道他溜走了？"小李说。

那人住在离老邮政弄有四百米远的杨家弄。他住在一幢旧式楼房的二楼，楼梯里没有电灯，在白天依旧漆黑一团。过道两旁堆满了煤球炉子和木柴。马哲他们很困难地走到了一扇灰色的门前。

开门的是一个三十来岁的男子，他的脸色很苍白，马哲他们要找的正是这人。

他一看到进来的两个人都穿着没有领章的警服，便知道发生了什么。他像是对熟人说话似的说："你们来了。"然后把他们让进屋内，自己在一把椅子上坐了下来。

马哲和小李在他对面坐下。他们觉得他非常虚弱，似乎连呼吸也很费力。

"我等了你们半个月。"他笑笑说，笑得很忧郁。

马哲说："你谈谈那天傍晚的情况。"

他点点头，说："我等了你们半个月。从那天傍晚离开河边后，我就等了。我知道你们这群人都是很精明的，你们一定会来找我的。可你们让我等了半个月，这半个月太漫长了。"说到这里，他又如刚才似的笑了笑。接着又说："我每时每刻都坐在这里想象着你们进来时的情景，这两天就是做梦也梦见你们来找我了。可你们让我等了半个月。"他停止说话，埋怨地望着马哲。

马哲他们没有作声，等待着他说下去。

"我天天都在盼着你们来，我真有点儿受不了了。"

"那你为何不来投案？"小李这时插了一句。马哲不由朝小李不满地看了一眼。

"投案？"他想了想，然后又笑了起来。接着摇头说："有这个必要吗？”

“当然。”小李说。

他垂下了头，看起了自己的手。随后抬起头来充满忧伤地说：“我知道你们会这样想的。”

马哲这时说：“你把那天傍晚的情况谈一谈吧。”

于是他摆出一副回忆的样子。他说道：“那天傍晚的河边很宁静，我就去河边走走。我是五点半到河边的。我就沿着河边走，后来就看到了那颗人头。就这些。”

小李莫名其妙地看看马哲，马哲没有一点儿反应。

“你们不相信我，这我早知道了。”他又忧郁地微笑起来，“谁让我那天去河边了。我是从来不去那个地方的。可那天偏偏去了，又偏偏出了事。这就是天意。”

“既然如此，你就不想解释一下吗？”马哲这时说。

“解释？”他惊讶地看着马哲，然后说：“你们会相信我吗？”

马哲没有回答。

他又摇起了头，说道：“我从来不相信别人会相信我。”

“你当时看到过什么吗？”

“看到一个人，但在我后面，这个人你们已经知道了。就凭他的证词，你们就可以逮捕我。我当时真不应该跑，更不应该转回脸去。但这一切都是天意。”说到这里，他又笑了起来。

“还看到了什么？”马哲继续问。

“没有了，否则就不会是天意了。”

“再想一想。”马哲固执地说。

“想一想。”他开始努力回想起来，很久后他才说：“还看到过另外一个人，当时他正蹲在河边洗衣服。但那是一个疯子。”他无可奈何地看着马哲。

马哲听后微微一怔，沉默了很久，他才站起来对小李说：“走吧。”

那人惊愕地望着他俩，问：“你们不把我带走了？”

八

那人名叫许亮，今年三十五岁。没有结过婚。似乎也没和任何女孩子有过往来。他唯一的嗜好是钓鱼。邻居说他很孤僻，单位的同事却说他很开朗。有关他的介绍，让马哲觉得是在说两个毫不相关的人。马哲对此并无多大兴趣。他所关心的是根据邻居的回忆，许亮那天是下午四点左右出去的，而许亮自己说是五点半到河边。

“在那一个多小时里，你去了什么地方？”在翌日的下午，马哲传讯了许亮。

“什么地方也没去。”他说。

“那么你是四点左右就去了河边？”马哲问。

“没有。”许亮懒洋洋地说，“我在街上转了好一会儿。”

“碰到熟人了吗？”

“碰到了一个，然后我和他在街旁人行道上聊天了。”

“那人是谁？”

许亮想了一下，然后说：“记不起来了。”

“你刚才说是熟人，可又记不起是谁了。”马哲微微一笑。

“这是很正常的。”他说，“比如你写字时往往会写不出一个你最熟悉的字。”说完他颇有些得意地望着马哲。

“总不会永远记不起吧？”马哲说。

“也很难说。也许我明天就会想起来，也许我永远也想不起来了。”他用一种无所谓的态度说，仿佛这些与他无关似的。

这天马哲让许亮回去了。可是第二天许亮仍说记不起是谁，以后几天他一直这么说。显而易见，在这个细节上他是在撒谎。许亮已经成了这桩案件的重要嫌疑犯。小李觉得可以对他采取行动了。马哲没有同意。因为仅仅只是他在案发的时间里在现场是不够的，还缺少其他的证据。当马哲传讯许亮时，小李他们仔细搜查了他的屋子，没发现任何足以说明问题的证据。而其他的调查也无多大收获。

与此同时，马哲调查了另一名嫌疑犯，那人就是疯子。在疯子这里，他们却得到了意想不到的进展。

当马哲一听说那天傍晚疯子在河边洗衣服时，蓦然怔住了。于是很快联想起了罪犯作案后的奇特现场。当初他似乎有过一个念头，觉得作案的人有些不正常。但他没有深入下去。而后来疯子在河边洗衣服的情节也曾使他惊奇，但他又忽视了。

老邮政弄有两个人曾在案发的那天傍晚五点半到六点之间，看到疯子提着一件水淋淋的衣服走了回来。他们回忆说当初他们以为疯子掉到河里去了。可发现他外裤和衬衣是干的，又惊奇了起来。但他们没在意，因为对疯子的任何古怪举动都不必在意。

“还看到了什么？”马哲问他们。

他们先是说没再看到什么，可后来有一人说他觉得疯子当初另一只手中似乎也提着什么。具体什么他记不起来了，因为当时的注意力被那条水淋淋的衣服吸引了过去。

“你能谈谈印象吗？”马哲说。

可那人怎么说也说不清楚，只能说出大概的形状和大小。

马哲蓦然想起什么，他问：“是不是像一把柴刀？”

那人听后眼睛一亮：“像。”

关于疯子提着水淋淋的衣服，老邮政弄的人此后几乎天天傍晚都看到。据他们说，在案发以前，疯子是从未有过这种举动的。而且在案发的那天下午，别人还看到疯子在幺四婆婆走后不久，也往河边的方向走去。身上穿的衣服正是这些日子天天提在他手中的水淋淋的衣服。

于是马哲决定搜查疯子的房间。在他那凌乱不堪的屋内，他们找到了幺四婆婆那把遗失的柴刀。上面沾满血迹。经过化验，柴刀上血迹的血型与幺四婆婆的血型一致。

接下去要做的事是尽快找到幺四婆婆生前积攒下的那笔钱。“我要排除抢劫杀人的可能性。”马哲说，看来马哲在心里已经认定罪犯是疯子了。

然而一个星期下来，尽管所有该考虑的地方都寻找过了，可还是没有找到那笔钱。马哲不禁有些急躁，同时他觉得难以找到了。尽管案件尚留下一个疑点，但马哲为了不让此案拖得过久，便断然认为幺四婆婆将钱藏在一个不为人知的地方，而决定逮捕疯子了。

当马哲决心已下后，小李却显得犹豫不决。他问马哲：“逮捕谁？”

马哲仿佛一下子没有明白这话是什么意思。

“可是，”小李说，“那是个疯子。”

马哲没有说话，慢慢走到窗口。这二楼的窗口正好对着大街。他看到不远处围着一群人，周围停满了自行车，两边的人都无法走过去了。中间那疯子正舒舒服服躺在马路上。因为交通被阻塞，两边的行人都怒气冲冲，可他们无可奈何。

第二章

一

河水一直在流着，秋天已经走进了最后的日子。两岸的柳树开始苍老，天空仍如从前一样明净，可天空下的田野却显得有些凄凉。几只麻雀在草丛里踱来踱去，青草茁壮成长，在河两旁迎风起舞。

有一行人来到了河边。

“后来才知道是一个疯子干的。”有人这么说。显然他是在说那桩凶杀案，而他的听众大概是异乡来的吧。

“就是我们刚才看到的那个疯子。”那人继续说。

“就是一看到你就吓得乱叫乱跑的那个疯子？”他们中间一人问。

“是的，因为他是个疯子，公安局的人对他也就没有办法，所以把他交给我们了。我用绳子捆了他一个星期，从此他一看到我就十分害怕。”

此刻他们已经走到了小河转弯处。那人说：“到了，就在那个地方，放着一颗人头。”

他们沿着转弯的小河也转了过去。“这地方真不错。”有一人这么说。

那人回过头去笑笑，然后用手一指说：“就在这里，有颗人头。”他刚一说完马上就愣住了。随即有一个女子的声音哨子般惊叫起来，而其他的人都吓得目瞪口呆。

二

马哲站在那小小的坟堆旁，那颗人头已经被取走，尸体也让人抬走了。暴露在马哲眼前的是一个浅浅的坑，他看到那翻出来的泥土是灰红色的，上面有几块不规则的血块，一只死者的黑色皮鞋被扔在坑边，皮鞋上也有血迹，皮鞋倒躺在那里，皮鞋与马哲脚上穿的皮鞋一模一样。

马哲看了一会儿后，朝河边走去了，此刻中午的阳光投射在河面上，河面像一块绸布般熠熠生辉。他想起了那一群鹅，若此刻鹅群正在水面上移动，那将是怎样一幅景象？他朝四周望去，感到眼睛里一片空白，因为鹅群没有出现在他的视线中。

“那疯子已经关起来了。”马哲身旁的一个人说。“我们一得到报告，马上就去把疯子关起来，并且搜了他的房间，搜到了一把柴刀，上面沾满血迹。”

在案发的当天中午，曾有两个人看到疯子提着一条水淋淋的衣服走回来，但他们事后都说没在意。

“为什么没送他去精神病医院？”马哲这时转过身去问。

“本来是准备送他去的，可后来……”那人犹豫了一下，又说，“后来就再没人提起了。”

马哲点点头，离开了河边。那人跟在后面，继续说：“谁会料到他还会杀人。大家都觉得他不太会……”他发现马哲已经不在听了，便停止不说。

在一间屋子的窗口，马哲又看到了那个疯子。疯子那时正在自言自语地坐在地上，裤子解开着，手伸进去像是捉跳蚤似的十分专心。捉了一阵，像是捉到了一只，于是他放进嘴里津津有味地咀嚼起来。这时他看到了窗外的马哲，就乐呵呵地傻笑起来。

马哲看了一会儿，然后转过脸去。他突然吼道：“为什么不把他捆起来？”

三

死者今年三十五岁，职业是工人。据法医验定，凶手是从颈后用柴刀砍下去的，与幺四婆婆的死状完全一致，而疯子屋里找到的那把柴刀上的血迹，经过化验也与死者的血型一致。那疯子被绳子捆了两天后，便让人送到离此不远的一家精神病医院去了。

“死者是今年才结婚的，他妻子比他小三岁。”小李说，“而且已经怀孕了。”

死者的妻子坐在马哲对面，她脸色苍白，双手轻轻搁在微微隆起的腹部。她的目光在屋内游来游去。

此刻是在死者家中，而在离此二里路的火化场里，正进行着死者的葬礼。家中的一切摆设都让人觉得像阳光一样新鲜。

“我们都三十多岁了，我觉得没必要把房间布置成这样。可他一定要这样布置。”她对马哲说，那声音让人觉得她似乎有些不好意思。

也不知是什么原因，在下午就要离开这里的时候，马哲突然想去看望一下死者的妻子。于是他就坐到这里来了。

“结果结婚那天，他们一进屋就都惊叫了起来，他们都笑我们俩，那天你没有来吧！”

马哲微微一怔。她此刻正询问似的看着他，他一时间不知该如何回答。

她仔细看了一会儿马哲，然后说：“你是没有来。那天来的人很多，但我都记得。我没有看到你。”

“我是没有来。”马哲说。

“你为什么不来呢？”她惊讶地问。

这话让马哲也惊讶起来。他有点儿不知所措地看着她。

“你应该来。”她将目光移开，轻轻地埋怨道。

“可是……”马哲想说他不知道他们的婚事，但一开口又犹豫起来。他想了想后才说：“我那天出差了。”

他心想，我与你们可是素不相识。

她听后十分遗憾地说：“真可惜，你不来真可惜。”

“我很后悔。”马哲说，“要是当初不去出差，我就能参加你们的婚礼了。”

她同情地望着马哲，看了很久才认真地点点头。

“那天他喝了很多酒，一到家就吐了。”她说着扭过头去屋内寻找着什么，找了一会儿才用手朝放着彩电的地方一指，“就吐在那里，吐了一大摊。”她用手比画着。

马哲点了点头。

“你也听说了？”她略略有些兴奋地问。

“是的。”马哲回答，“我也听说了。”

她不禁微微一笑，接着继续问：“你是听谁说的？”

“很多人都这么说。”马哲低声说道。

“是吗？”她有些惊讶，“他们还说了些什么？”

“没有了。”马哲摇摇头。

“真的没有说什么？”她仍然充满希望地问道。

“没有。”

她不再说话，扭过头去看着她丈夫曾经呕吐的地方，她脸上出现了羞涩的笑意。接着她回过头来问马哲：“他们没有告诉你我们咬苹果的事？”

“没有。”

于是她的目光又在屋内搜寻起来，随后她指着那吊灯说：“就在那里。”

马哲仰起头，看到了那如莲花盛开般的茶色吊灯。吊灯上还荡着短短的一截白线。

“线还在那里呢。”她说，“不过当时要长多了，是后来被我扯断的。他们就在那里挂了一只苹果，让我们同时咬。”说到这里，她朝马哲微微一笑。“我丈夫刚刚呕吐完，可他们还是不肯放过他，一定要让他咬。”接着她陷入了沉思之中，那苍白的脸色开始微微有些泛红。

这时马哲听到楼下杂乱的脚步声。那声音开始沿着楼梯爬上来。他知道死者的葬礼已经结束，送葬的人回来了。

她也听到了那声音。起先没注意，随后她皱起眉头仔细听了起来。接着她脸上的神色起了急剧的变化，她仿佛正在慢慢记起一桩被遗忘多年的什么事。

马哲这时悄悄站了起来，当他走到门口时，迎面看到了一只被捧在手中的骨灰盒。他便侧身让他们一个一个走了进去。然后他才慢慢地走下楼，直到来到大街上时，他仍然没有听到他以为要听到的那撕心裂肺的哭喊声。

当走到码头时，他看到小李从汽艇里跳上岸，朝他走来。

“你还记得那个叫许亮的人吗？”小李这样问。

“怎么了？”马哲立刻警觉起来。

“他自杀了。”

“什么时候？”马哲一惊。

“就在昨天。”

四

发现许亮自杀的，是一个二十五六岁的年轻人。

“我是许亮的朋友。”他说。他似乎很不愿意到这里来。

“我是昨天上午去他家的，因为前一天我们约好了一起去钓鱼，所以我就去了。我一脚踢开了他的房门。我每次去从不敲门，因为他告诉我他的门锁坏了，只要踢一脚就行了。他自己也已有两年不用钥匙了。他这办法不错。现在我也不用钥匙，这样很方便。而且也很简单，只要经常踢，门锁就坏了。”说到这里，他问马哲：“我说到什么地方了？”

“你踢开了门。”马哲说。

“然后我就走了进去，他还躺在床上睡觉。睡得像死人一样。我就去拍拍他的屁股，可他没理我。然后我去拉他的耳朵，大声叫着他的名字，可他像死人一样。我从来没有见过睡得这么死的人。”他说到这里仿佛很累似的休息了一会儿，接着又说：“然后我看到床头柜上有两瓶安眠酮，一瓶还没有开封，一瓶只剩下不多了。于是我就怀疑他是不是自杀。但我拿不准。便去把他的邻居叫进来，让他们看看，结果他们全惊慌失措地大叫起来。完了。”他如释重负般地舒了口气，随后又低声嘟哝道：“自杀有什么好大惊小怪的。”

然后他站起来准备走了，但他看到马哲依旧坐着，不禁心烦地问：“你还要知道点什么？”

马哲用手一指，请他重新在椅子上坐下，随后问：“你认识许亮多久了？”

“不知道。”他恼火地说。

“这可能吗？”

“这不可能。”他说，“但问题是这很麻烦，因为要回忆，而回忆实在太麻烦。”

“你是怎样和他成为朋友的？”马哲问。

“我们常在一起钓鱼。”说到钓鱼他开始有些高兴了。

“他给你什么印象？”马哲继续问。

“没印象。”他说，“他又不是什么英雄人物。”

“你谈谈吧。”

“我说过了没印象。”他很不高兴地说。

“随便谈谈。”

“是不是现在自杀也归公安局管了？”他恼火地问。

马哲没有回答，而是摆出一副认真听讲的样子。

“好吧。”他无可奈何地说，“他这个人……”他皱起眉头开始想了。“他总把别人的事想成自己的事。常常是我钓上来的鱼，可他却总说是他钓上来的。反正我也无所谓是谁钓上的。他和你说过他曾经怎样钓上来一条三十多斤的草鱼吗？”

“没有。”

“可他常这么对我说。而且还绘声绘色。其实那鱼是我钓上的，他所说的是我的事。可是这和他的自杀有什么关系呢？他的自杀和你们又有什么关系？”他终于发火了。

“他为什么要自杀？”马哲突然这样问。

他一愣，然后说：“我怎么知道？”

“你的看法呢？”马哲进一步问。

“我没有看法。”他说着站起来就准备走了。

“别走。”马哲说，“他自杀与疯子杀人有关吗？”

“你别老纠缠我。”他对马哲说，“我对这种事讨厌，你知道吗？”

“你回答了再走。”

“有关又怎样？”他非常恼火地重新在椅子上坐下，“你们既然已经知道了，为什么还要问我？”

“你说吧。”马哲说。

“好吧。”他怨气重重地说，“那个幺四婆婆死时，他找过我，要我出来证明一下，那天傍晚曾在什么地方和他聊天聊了一小时，但我不愿意。那天我没有见过他，根本不会和他聊天。我不愿意是这种事情太麻烦。”他朝马哲看看，又说：“我当时就怀疑幺四婆婆是他杀的，要不他怎么会那样。”他又朝马哲看看，“现在说出来也无所谓了，反正他不想活了。他想自杀，尽管没有成功，可他已经不想活了。你们可以把他抓起来，在这个地方。”他用手指着太阳穴，“给他一枪，一枪就成全他了。”

五

当马哲和小李走进病房时，许亮正半躺在床上，他说：“我知道你们会来找我的。”仍然是这句话。

“我们是来探望你的。”马哲说着在病床旁一把椅子上坐下，小李便坐在了床沿上。

许亮已经骨瘦如柴，而且眼窝深陷。他躺在病床上，像是一副骨骼躺在那里。尽管他说话的语气仍如从前，可那神态与昔日相比简直判若两人。

“怎么办呢？”他自言自语地说着，两眼茫然地望着马哲。

“你有什么话就说吧。”马哲说。

许亮点点头，他说：“我知道你们是要来找我的，我知道自己随便怎样也逃脱不掉了。上次你们放过我，这次你们一定不会放过我的。

所以我就准备……”他暂停说话，吃力地喘了几口气，“这一天迟早都要到来的，我想了很久，想到与其让一颗子弹打掉半个脑壳，还不如吃安眠酮睡过去永远不醒。”说到这里他竟得意地笑了笑，随后又垂头丧气起来，“可是没想到我又醒了过来，这些该死的医生，把我折腾得好苦。”他恶狠狠低声骂了一句，“但是也怪自己。”他立刻又责备自己了，“我不想死得太痛苦。所以我就先吃了四片，等到药性上来后，再赶紧去吃，可是已经来不及了。我吞下了大半瓶后就不知道自己了，我就睡死过去了。”他说到这里竟滑稽地朝马哲做了个鬼脸，接着他又哭丧着脸说，“可是谁想到还是让你们找到了。”

“那么说，你前天中午也在河边？”小李突然问。

“是的。”他无力地点点头。

小李用眼睛向马哲暗示了一下，但马哲没有理会。

“自从那次去河边过后，我就再也没有去过，但后来越想越觉得不对劲。我怕自己要是不再去河边，你们会怀疑我的。”他朝马哲狡猾地笑笑。“我知道你们始终没有放弃对我的怀疑。我觉得你们真正怀疑的不是疯子，而是我。你们那么做无非是想让我放松警惕。”他脸上又出现了得意的神色，仿佛看破了马哲的心事。“因此我就必须去河边走了走，于是我又看到了一颗人头。”他悲哀地望着马哲。

“然后你又看到了那个疯子在河边洗衣服？”小李问。

“是的。”他说，然后苦笑了一下。

“你就去过河边两次？”

他木然地点点头。

"而且两次都看到了人头？"小李继续问。

这次他没有什么表示，只是迷惑地看着小李。

"这种可能存在吗？会有人相信吗？"小李问道。

他朝小李亲切地一笑，说："就连我自己都不会相信。"

"我认为，"小李在屋内站着说话，马哲坐在椅子里，局里的汽艇还得过一小时才到，他们得在一小时以后才能离开这里，"我认为我们不能马上就走。许亮的问题还没调查清楚。幺四婆婆案件里还有一个疑点没有澄清。而且在两次案发的时间里，许亮都在现场。用偶然性来解释这些显然是不能使人信服的，我觉得许亮非常可疑。"

马哲没有去看小李，而是将目光投到窗外，窗外有几片树叶在摇曳，马哲便判断着风是从哪个方向吹来的。

"我怀疑许亮参与了凶杀。我认为这是一桩非常奇特的案件。一个正常人和一个疯子共同制造了这桩凶杀案。这里有两种可能性，一是整个凶杀过程以疯子为主，许亮在一旁望风和帮助。二是许亮没有动手，而是教唆疯子，他离得较远，一旦被人发现他就可以装出大叫大喊的样子。但这两种可能都是次要的，作为许亮，他作案的目的是抢走幺四婆婆身上的钱。"

马哲这时转过头来了，仿佛他开始听讲。

"而作案后他很可能参与了现场布置，他以为这奇特的现场会转移我们的注意。因为正常人显然是不会这样布置现场的。案后他又寻求别人作伪证。”

马哲此刻脸上的神色认真起来了。

“第二起案发时这两个人又在一起。显然许亮不能用第一次的方法来蒙骗我们了，于是他假装自杀，自杀前特意约人第二天一早去叫他，说是去钓鱼。而自杀的时间是在后半夜。这是他告诉医生的，并且只吃了大半瓶安眠酮，一般决心自杀的人是不会这样的。他最狡猾的是主动说出第二次案发时他也在河边，这是他比别的罪犯高明之处，然后装着害怕的样子而去自杀。”

这时马哲开口了，他说：“但是许亮在第二起案发时不在河边，而在自己家中。他的邻居看到他在家中。”

小李惊愕地看着马哲，许久他才喃喃地问：“你去调查过了？”

马哲点点头。

“可是他为什么说去过河边？”小李感到迷惑。

马哲没有回答，他非常疲倦地站了起来，对小李说：“该去码头了。”

六

两年以后，幺四婆婆那间屋子才住了人。当那人走进房屋时，发现墙角有一堆被老鼠咬碎的麻绳，而房梁上还挂着一截麻绳，接着他又在那碎麻绳里发现了同样被咬碎的钞票。于是幺四婆婆一案中最后遗留的疑点才算澄清。幺四婆婆把钱折成细细一条编入麻绳，这是别人根本无法想到的。

也是在这个时候，疯子回来了。疯子在精神病医院待了两年，他尝尽了电疗的痛苦，出院时已经憔悴不堪。因为疯子一进院就殴打医生，所以他在这两年里接受电疗的次数已经超出了他的生理负担。在最后的半年里，他已经卧床不起。于是院方便通知镇里，让他们把疯子领回去。他们觉得疯子已经不会活得太久了，他们不愿让疯子死在医院里，而此刻镇里正在为疯子住院的费用发愁，本来镇上的民政资金就不多，疯子一住院就是两年，实在使他们发愁，因此在此时接到这个通知，不由让他们松了一口气。

疯子是躺在担架上被人抬进老邮政弄的。此前，镇里已经派人将他的住所打扫干净。

疯子被抬进老邮政弄时，很多人围上去看。看到这么多的人围上来，躺在担架里的疯子便缩成了一团，惊恐地低叫起来。那声音像鸭子似的。

此后疯子一直躺在屋内，由居委会的人每日给他送吃的去。那些日子里，弄里的孩子常常趴在窗口看疯子。于是老邮政弄的人便知道什么时候疯子开始坐起来，什么时候又能站起来走路。一个多月后，疯子竟然来到了屋外，坐在门口地上晒太阳，尽管是初秋季节，可疯子坐在门口总是瑟瑟打抖。

当疯子被抬进老邮政弄时，似乎奄奄一息，没想到这么快他又恢复了起来。而且不久后他不再怕冷，开始走来走去，有时竟又走到街上去站着了。

后来有人又在弄口看到疯子提着一条水淋淋的衣服走了过来。起先他没在意，可随即心里一怔，然后他看到疯子另一只手里正拿着一把沾满血迹的柴刀，不禁毛骨悚然。

许亮敲开了邻居的房门，让他的邻居一怔。这个从来不和他们说话的人居然站到他们门口来了。

许亮站在门口，随便他们怎么邀请也不愿进去。他似笑似哭地对他们说："我下午去河边了，本来我发誓再也不去河边，可我今天下午又去了。"

疯子又行凶杀人的消息是在傍晚的时候传遍全镇的。此刻他们正在谈论这桩事，疯子三次行凶已经使镇上所有的人震惊不已。许亮就是在这个时候出现在他们面前的。听了许亮的话，他们莫名其妙。因为他们看到许亮整个下午都在家。

"我也不知道自己怎么又到河边去了。"许亮呆呆地说。既是对他们说，又像是自言自语。

"可是你下午不是在家吗？"

"我下午在家？"许亮惊讶地问，"你们看到我在家？"

他们互相看看，不知该如何回答。

于是许亮脸上的神情立刻黯了下去。他摇着头说："不，我下午去河边了。我已经发誓不去那里，可我下午又去。"他痛苦地望着他们。

他们面面相觑。

"我又看到了一颗人头。"说到这里，许亮突然笑了起来，"我又看到了一颗人头。"

"可是你下午不是在家吗？"他们越发觉得莫名其妙。

"而且我又看到。"他神秘地说，"我又看到那个疯子在洗衣服了。"

他们此刻目瞪口呆了。

许亮这时十分愉快地嬉笑起来，然而随即他又立刻收起笑容像是想起了什么，茫然地望着他们，接着转身走开了。不一会儿他们听到许亮敲另一扇门的声音。

马哲又来到了河边。不知为何他竟然又想起了那群鹅。他想象着它们在河面上游动时那像船一样庄重的姿态。他现在什么都不愿去想，就想那一群鹅，他正努力回想着当初凌晨一脚踩进鹅群时的情景，于是他仿佛又听到了鹅群因为惊慌发出的叫声。

此刻现场已经被整理过了，但马哲仍不愿朝那里望。那地方叫他心里恶心。

这次被害的是个孩子。马哲只是朝那颗小小的头颅望了一眼就走开了。小李他们走了上去。不知为何马哲突然发火了，他对镇上的派出所的民警吼道："为什么要把现场保护起来？"

"这……"民警不知所措地看着马哲。

马哲的吼声使小李有些不解，他转过脸去迷惑地望着马哲。这时马哲已经沿着河边走了过去。那民警跟在后面。

走了一会儿，马哲才平静地问民警："那群鹅呢？"

"什么？"民警一时没有反应过来。

"幺四婆婆养的那些鹅。"

"不知道。"民警回答。

马哲听后若有所思地点了点头。

这天晚上，小李告诉马哲，被害者就是发现幺四婆婆人头的那个孩子。

马哲听后呆了半天，然后才说："他父亲不是不准他去河边了吗？"

小李又说："许亮死了，是自杀的。"

"可是那孩子为什么要去河边呢？"马哲自言自语，随即他惊愕地问小李："死了？"

第三章

一

那是一个夏日之夜，月光如细雨般掉落下来。街道在梧桐树的阴影里躺着，很多人在上面走着，发出的声音很零乱，夏夜的凉风正在吹来又吹去。

那个时候他正从一条弄堂里走了出来，他正站在弄堂口犹豫着。他在想着应该往左边走呢还是往右边走。因为往左边或者右边走对他来说都是一样的，所以他犹豫着。但他犹豫的时候心里没感到烦躁，因为他的眼睛没在犹豫，他的眼睛在街道上飘来飘去。因此渐渐地他也就不去考虑该往何处走了，他只是为了出来才走到弄口的，现在他已经出来了也就没必要烦躁不安。他本来就没打算去谁的家，也就是说他本来就没有什么固定的目标。他只是因为夏夜的诱惑才出来的，他知道现在去朋友的家也是白去，那些朋友一定都在外面走着。

所以他在弄口站着时，就感到自己与走时一样。这种感觉是旁人的走动带给他的。他此刻正心情舒畅如欣赏电影广告似的，欣赏着女孩子身上裙子的飘动，她们身上各种香味就像她们长长的头发一样在他面前飘过。而她们的声音则在他的耳朵里优美地旋转，旋得他如醉如痴。

从他面前走过的人中间，也有他认识的，但不是他的朋友。他们有的就那么走了过去，有的却与他点头打个招呼。但他们没邀请他，所以他也不想加入进去。他正想他的朋友们也会从他面前经过，于是一方面盼着他们，一方面又并不那么希望他们出现。因为他此刻越站越自在了。

这个时候他看到有一个人有气无力地走了过来，那人不是在街道中间走，而是贴着人行道旁的围墙走了过来。大概是为了换换口味，他就对那人感兴趣了，他感到那人有些古怪，尤其是那人身上穿的衣服让他觉得从未见过。

那人已经走到了他跟前，看到他正仔细打量着自己，那人脸上露出了奇特的笑容，然后笑声也响了起来，那笑声断断续续、时高时低，十分刺耳。

他起先一愣，觉得这人似乎有些不正常，所以也就转回过脸去继续往街道上看。可是随即他又想起了什么，便立刻扭回头去，那人已经走了几步远了。

他似乎开始想起了什么，紧接着他猛地窜到了街道中间，随即朝着和那人相反的方向跑了起来，边跑边声嘶力竭地喊：“那疯子又回来了。”

正在街上走着的那些人都被他的叫声搞得莫名其妙，便停下脚步看着他。然而当听清了他的叫声后，他们不禁毛骨悚然，互相询问着同时四处打量，担心那疯子就在身后什么地方站着。

他跑出了二十多米远，才慢慢停下来，然后气喘吁吁又惊恐不已地对周围的人说：“那杀人的疯子又回来了。”

这时他听到远处有一个声音飘过来，那声音也在喊着疯子回来了。起先他还以为是自己刚才那叫声的回音，但随即他听出了是另一个人在喊叫。

二

马哲是在第二天知道这个消息的，当时他呆呆地坐了半天，随后走到隔壁房间去给妻子挂了个电话，告诉她今晚可能不回家了。妻子在电话里迟疑了片刻，才说声知道。

那时小李正坐在他对面，不禁抬起头来问：“又有什么情况？”

“没有。”马哲说着把电话搁下。

两小时后，马哲已经走在那小镇的街上了。他没有坐局里的汽艇，而是坐小客轮去的。当他走上码头时，马上就有人认出了他。有几个人迎上去告诉他："那疯子又回来了。"他点点头表示已经知道。

"但是谁都没有看到他。"

听了这话，马哲不禁站住了。

"昨晚上大家叫了一夜，谁都没睡好。可是今天早晨互相一问，大家都说没见到。"那人有些疲倦地说。

马哲不由皱了一下眉，然后他继续往前走。

街上十分拥挤，马哲走去时又有几个人围上去告诉他昨晚的情景，大家都没见到疯子，难道是一场虚惊?

当他坐在小客轮里时，曾想象在老邮政弄疯子住所前围满着人的情景。可当他走进老邮政弄时，看到的却是与往常一样的情景。弄里十分安静。只有几位老太太在生煤球炉，煤烟在弄堂里弥漫着。此刻是下午两点半的时候。

一个老太太走上去对他说："昨晚上不知是哪个该死的在乱叫疯子回来了。"

马哲一直走到疯子的住所前，那窗上没有玻璃，糊着一层塑料纸，塑料纸上已经积了厚厚一层灰尘。马哲在那里转悠了一会儿，然后朝弄口走去。

来到街上，他看到派出所的一个民警正走过来，他想逃避已经来不及了，因为民警叫着他的名字走了上来。

"你来了。"民警笑着说。

马哲点了点头。

“你知道吗？昨晚上大家虚惊一场。说是疯子又回来了，结果到今天才知道是一场恶作剧。我们找到了那个昨晚在街上乱叫的人，可他也说是听别人说的。”

“我听说了。”马哲说。

然后那民警问：“你来有事吗？”

马哲迟疑了一下，说：“有一点儿私事。”

“要我帮忙吗？”民警热情地说。

“已经办好了，我这就回去。”马哲说。

“可是下一班船要三点半才开，还是到所里去坐坐吧。”

“不，”马哲急忙摇了摇手，说：“我还有别的事。”然后就走开了。

几分钟以后，马哲已经来到了河边。河边一如过去那么安静，马哲也如过去一样沿着河边慢慢走去。

此刻阳光正在河面上无声地闪耀，没有风，于是那长长倒垂的柳树像是布景一样。河水因为流动发出了掀动的声音。马哲看到远处那座木桥像是一座破旧的城门。有两个孩子坐在桥上，脚在桥下晃荡着，他们手中各拿着一根钓鱼竿。

没多久，马哲就来到了小河转弯处，这是一条死河，它是那条繁忙的河流的支流。这里幽静无比。走到这里时，马哲站住脚仔细听起来。他听到了轻微却快速的说话声。于是他走了过去。

疯子正坐在那里，身上穿着精神病医院的病号服。他此刻正十分舒畅地靠在一棵树上，嘴里自言自语。他坐的那地方正是他三次作案的现场。

马哲看到疯子，不禁微微一笑，他说："我知道你在这里！"

疯子没有搭理他，继续自言自语，随即他像是愤怒似的大叫大嚷起来。

马哲在离他五米远的地方站住。然后扭过头去看看那条河和河那边的田野，接着又朝那座木桥望了一会儿，那两个孩子仍然坐在桥上。当他回过头来时，那疯子已经停止说话，正朝马哲痴呆地笑着。马哲便报以亲切一笑，然后掏出手枪对准疯子的脑袋。他扣动了扳机。

三

"你疯啦？"局长听后失声惊叫起来。

"没有。"马哲平静地说。

马哲是在三点钟的时候离开河边的。他在疯子的尸体旁站了一会儿，犹豫着怎样处理他。然后他还是决定走开，走开时他看到远处木桥上的两个孩子依旧坐着，他们肯定听到了刚才那一声枪响，但他们没注意。马哲感到很满意。十分钟后，他已经走进了镇上的派出所。刚才那个民警正坐在门口。看着斜对面买香蕉的人而打发着时间。当他看到马哲时不禁兴奋地站了起来，问："办完了？"

"办完了。"马哲说着在门口另一把椅子上坐了下来。这时他感到口干舌燥，便向民警要一杯凉水。

“泡一杯绿茶吧。”民警说。

马哲摇摇头，说：“就来杯凉水。”

于是民警进屋去拿了一杯凉水，马哲一口气喝了下去。

“还要吗？”民警问。

“不要了。”马哲说。然后他眯着眼睛看他们买香蕉。

“这些香蕉是从上海贩过来的。”民警向马哲介绍。

马哲朝那里看了一会儿，也走上去买了几斤。他走回来时，民警说：“在船里吃吧？”他点点头。

然后马哲看看表，觉得时间差不多了，便对民警说：“疯子在河边。”

那民警一惊。

“他已经死了。”

“死了？”

“是被我打死的。”马哲说。

民警目瞪口呆，然后才明白似的说：“你别开玩笑。”

但是马哲已经走了。

现在马哲就坐在局长对面，那支手枪放在桌子上。当马哲来到局里时，已经下班了，但局长还在。起先局长也以为他在开玩笑，然而当确信其事后局长勃然大怒了。

“你怎么干这种蠢事？”

“因为法律对他无可奈何。”马哲说。

“可是法律对你是有力的。”局长几乎喊了起来。

“我不考虑这些。”马哲依旧十分平静地说。

“但你总该为自己想一想。”局长此刻已经坐不住了，他烦躁地在屋内走来走去。

马哲像是看陌生人似的看着他，仿佛没有听懂他的话。

“可你为什么不这样想呢？”

“我也不知道。”马哲说。

局长不禁叹了口气，然后又在椅子上坐下来。他难过地问马哲：“现在怎么办呢？”

马哲说：“把我送到拘留所吧。”

局长想了一下，说：“你就在我办公室待着吧。”他用手指一指那折叠钢丝床。“就这样睡吧，我去把你妻子叫来。”

马哲摇摇头，说：“你这样太冒险了。”

“冒险的是你，而不是我。”局长吼道。

四

妻子进来的时候，刚好有一抹霞光从门外掉了进去。那时马哲正坐在钢丝床上，他没有去想已经发生的那些事，也没想眼下的事。他只是感到心里空荡荡的，所以他竟没听到妻子走进来的脚步声。

是那边街道上有几个孩子唱歌的声音使他猛然抬起头来，于是他看到妻子就站在身旁。他便站起来，他想对她表示一点儿什么，可他又坐了下去。

她就将一把椅子拖过来，面对着他坐下。她双手放在腿上。这个坐姿是他很熟悉的，他不禁微微一笑。

“这一天终于来了。”她说。同时如释重负似的松了口气。

马哲将被子拉过来放在背后，他身体靠上去时感到很舒服。于是他就那么靠着，像欣赏一幅画一样看着她。

“从此以后，你就不再会半夜三更让人叫走，你也不会时常离家了。”她脸上露出了心满意足的神色。

她继续说：“尽管你那一枪打得很蠢，但我还是很高兴，我以后再也不必为你担忧了，因为你已经不可能再干这一行了。”

马哲转过脸去望着门外，他似乎想思索什么，可脑子里依旧空荡荡的。

“就是你要负法律责任了。”她忧伤地说，但她很快又说：“可我想不会判得太重的，最多两年吧。”

他又将头转回来，继续望着他的妻子。

“可我要等你两年。”她忧郁地说，“两年时间说短也短，可说长也真够长的。”

他感到有些疲倦了，便微微闭上眼睛。妻子的声音仍在耳边响着，那声音让他觉得有点儿像河水流动时的声音。

五

医生是一个五十多岁的男子，他有着一双忧心忡忡的眼睛。他从门外走进来时仿佛让人觉得他心情沉重。马哲看着他，心想这就是精神病医院的医生。

昨天这时候，局长对马哲说：“我们为你找到了一条出路，明天精神病医生就要来为你诊断，你只要说些颠三倒四的话就行了。”

马哲似听非听地望着局长。

“还不明白？只要能证明你有点儿精神失常，你就没事了。”

现在医生来了，并在他对面坐了下来，局长和妻子坐在他身旁。他感到他俩正紧张地看着自己，心里觉得很滑稽。医生也在看着他，医生的目光很忧郁，仿佛他有什么不快要向马哲倾吐似的。

“你是哪一年出生的？”

他看到医生的嘴唇嚅动了一下，然后有一种声音飘了过来。

“你哪一年出生的？”医生重新问了一句。

他听清了，便回答：“五一年。”

“姓名？”

“马哲。”

“性别？”

“男。”

马哲觉得这种对话有点儿可笑。

“工作单位？”

“公安局。”

“职务？”

“刑警队长。”尽管他没有朝局长和妻子看，但他也已经知道了他们此刻的神态。他们此刻准是惊讶地望着他。他不愿去看他们。

“你什么时候结婚的？”医生的声音越来越忧郁。

“八一年。”

“你妻子是谁？”

他说出了妻子的名字，这时他才朝她看了一眼，看到她正怔怔地望着自己。他不用去看局长，也知道局长现在的表情了。

“你有孩子吗？”

“没有。”他回答，但他对这种对话已经感到厌烦了。

“你哪一年参加工作的？”

马哲这时说：“我告诉你，我很正常。”

医生没理睬，继续问：“你哪一年出生的？”

“你刚才已经问过了。”马哲不耐烦地回答。

于是医生便站了起来，当医生站起来时，马哲看到局长已经走到门口了，他扭过头去看妻子，她这时正凄凉地望着自己。

六

医生已经是第四次来了。医生每一次来时脸上的表情都像第一次，而且每一次都是问着同样的问题。第二次马哲忍着不向他发火，而第三次马哲对他的问话不予理睬。可他又来了。

妻子和局长所有的话，都使马哲无动于衷。只有这个医生使他心里很不自在。当医生迈着沉重的脚步，忧心忡忡地在他对面坐下来时，他立刻垂头丧气了。他试图从医生身上找出一些不同于前三次的东西。可医生居然与第一次来时一模一样的神态。这使马哲感到焦躁不安起来。

"你哪一年出生的？"

又是这样的声音，无论是节奏还是音调都与前三次无异。这声音让马哲觉得连呼吸都有些困难。

"你哪一年出生的？"医生又问。

这声音在折磨着他。他无力地望了望自己的妻子。她正鼓励地看着他。局长坐在妻子身旁，局长此刻正望着窗外。他感到再也无法忍受了，他觉得自己要吼叫了。

"八一年。"马哲回答。

随即马哲让自己的回答吃了一惊。但不知为何他竟感到如释重负一样轻松起来。于是他长长地舒了一口气。

医生继续问："姓名？"

马哲立刻回答了妻子的姓名。随后向妻子望去。他看到她因高兴和激动眼中已经潮湿。而局长此刻正转回脸来，满意地注视着他。

“工作单位？”

马哲迟疑了一下，接着说：“公安局。”随后立即朝局长和妻子望去，他发现他俩明显地紧张了起来，于是他对自己回答的效果感到很满意。

“职务？”

马哲回答之前又朝他们望了望，他们此刻越发紧张了。于是他说：“局长。”说完他看到他俩全松了口气。

“你什么时候结婚的？”

马哲想了想，然后说：“我还没有孩子。”

“你有孩子吗？”医生像是机器似的问。

“我还没结婚。”马哲回答，他感到这样回答非常有趣。

医生便站起来，表示已经完了。他说：“让他住院吧。”

马哲看到妻子和局长都目瞪口呆了，他们是绝对没有料到这一步的。

“让我去精神病医院？”马哲心想，随后他不禁哧哧笑起来。笑声越来越响，不一会儿他哈哈大笑了。他边笑边断断续续地说：“真有意思呵。”

一九八七年五月二十日

古典 爱情

一

柳生赴京赶考，行走在一条黄色大道上。他身穿一件青色布衣，下截打着密褶，头戴一顶褪色小帽，腰束一条青丝织带，恍若一棵暗翠的树木行走在黄色大道上。此刻正是阳春时节，极目望去，一处是桃柳争妍，一处是桑麻遍野。竹篱茅舍四散开去，错落有致遥遥相望。丽日悬高空，万道金光如丝在织机上，齐刷刷奔下来。

柳生在道上行走了半日，其间只遇上两个衙门当差气昂昂擦肩而过，几个武生模样的人扬鞭催马急驰而去，马蹄扬起的尘土遮住了前面的景致，柳生眼前一片纷纷扬扬的混乱。此后再不曾在道上遇上往来之人。

数日前，柳生背井离乡初次踏上这条黄色大道时，内心便涌起无数凄凉。他在走出茅舍之后，母亲布机上的沉重声响一直追赶着他，他脊背上一阵阵如灼伤般疼痛，于是父亲临终的眼神便栩栩如生地看着自己了。为了光耀祖宗，他踏上了黄色大道。姹紫嫣红的春天景色如一卷画一般铺展开来，柳生却视而不见。展现在他眼前的仿佛是一派暮秋落叶纷扬，足下的黄色大道也显得虚无缥缈。

柳生并非富家公子，父亲生前只是一个落榜的穷儒。虽能写一手好字，画几枝风流花卉，可肩不能挑手不能提，如何能养家糊口？一家三口全仗母亲布机前日夜操劳，柳生才算勉强活到今日。然而母亲的腰弯下去后再也无法直起。柳生自小饱读诗文，由父亲一手指点。天长日久便继承了父亲的禀性，爱读邪书，也能写一手好字，画几枝风流花卉，可偏偏生疏了八股。因此当柳生踏上赴京赶考之路时父亲生前屡次落榜的窘境便笼罩了他往前走去的身影。

柳生在走出茅舍之时，只在肩上背了一个灰色的包袱，里面一文钱也没有，只有一身换洗的衣衫和纸墨砚笔。他一路风餐露宿，靠卖些字画换得些许钱，来填腹中饥饿。他曾遇上两位同样赴京赶考的少年，都是身着锦衣绣缎的富家公子，都有一匹精神气爽的高头大马，还有伶俐聪明的书童。即便那书童的衣着，也使他相形之下惭愧不已。他没有书童，只有投在黄色大道上的身影紧紧伴随。肩上的包袱在行走时微微晃动。他听到了笔杆敲打砚台的孤单声响。

柳生行走了半日，不觉来到了岔路口。此刻他又饥又渴，好在近旁有一河流。河流两岸芳草青青，长柳低垂。柳生行至河旁，见河水为日光所照，也是黄黄一片，只是垂柳覆盖处，才有一条条碧绿的颜色。他蹲下身去，两手插入水中，顿觉无比畅快。于是捧起点滴之水，细心洗去脸上的尘埃。此后才痛饮几口河水，饮毕席地而坐。芳草摇摇曳曳插入他的裤管，痒滋滋地有许多亲切。一条白色的鱼儿在水中独自游来游去，那躯体扭动得十分妩媚。看着鱼儿扭动，不知是因为鱼儿孤单，还是因为鱼儿妩媚，柳生有些凄然。

半晌，柳生才站立起来，返上黄色大道，从柳荫里出来的柳生只觉头晕目眩，他是在这一刻望到远处有一堆房屋树木影影绰绰，还有依稀的城墙。柳生疾步走去。

走到近处，听得人声沸腾，城门处有无数挑担提篮的人。进得城去，见五步一楼，十步一阁。房屋稠密，人物富庶。柳生行走在街市上，仕女游人络绎不绝，两旁酒店茶亭无数。几个酒店挂着肥肥的羊肉，柜台上一排盘子十分整齐，盘子里盛着蹄子、糟鸭、鲜鱼。茶亭的柜子上则摆着许多碟子，尽是些橘饼、薯片、粽子、烧饼。

柳生一一走将过去，不一会儿便来到一座庙宇前。这庙宇像是新近修缮过的，金碧辉煌。站在门下的石阶上，柳生往里张望。一棵百年翠柏气宇轩昂，砖铺的地面一尘不染，柱子房梁油滑光亮，只是不见和尚，好大一幢庙宇显得空空荡荡。柳生心想夜晚就露宿在此。想着，他取下肩上的包袱，解开，从里面取出纸墨砚笔，就着石阶，写了几张“杨柳岸晓风残月”之类的宋词绝句，又画了几张没骨的花卉，摆在那里，卖与过往的人。一时间庙宇前居然挤个水泄不通。似乎人人有钱，人人爱风雅。才半晌工夫，柳生便赚了几吊钱，看看人渐散去，就收起了钱小心藏好，又收起包袱缓步往回走去。

两旁酒店的酒保和茶亭的伙计笑容满面，也不嫌柳生布衣寒衫，招徕声十分热情。柳生便在近旁的一家茶亭落座，要了一碗茶，喝毕，觉得腹中饥饿难忍，正思量着，恰好一个乡里人捧着许多薄饼来卖。柳生买了几张薄饼，又要了一碗茶水，慢慢吃了起来。

有两个骑马的人从茶亭旁过去，一个穿宝蓝缎的袍子，上绣百蝠百蝶；一个身着双叶宝蓝缎的袍子，上绣无数飞鸟。两位过去后，又有三位妇人走来。一位水田披风、一位玉色绣的八团衣服、一位天青缎二色金的绣衫。头上的珍珠白光四射，裙上的环佩叮当作响。每位跟前都有一个丫鬟，手持黑纱香扇替她们遮挡日光。

柳生吃罢薄饼，起身步出茶亭，在街市里信步闲走。离家数日，他不曾与人认真说过话。此刻腹中饥饿消散，寂寞也就重新涌上心头。看看街市里虽是人流熙攘，却皆是陌生的神色。母亲布机的声响便又追赶了上来。

行走间不觉来到一宽敞处，定睛观瞧，才知来到一大户人家的正门前。眼前的深宅大院很是气派，门前两座石狮张牙舞爪。朱红大门紧闭，甚是威严。再看里面树木参天，飞檐重叠，鸟来鸟往。柳生呆呆看了半晌，方才离去。他沿着粉墙旁的一条长道缓步走去。这长道也是上好的青砖铺成，一尘不染，墙内的树枝伸到墙外摇曳。行不多远，望到了偏门。偏门虽逊色于刚才的正门，可也透着威严，也是朱门紧闭。柳生听得墙内有隐约的嬉闹之声，他停立片刻，此后又行走起来。走到粉墙消失处，见到墙角有一小门。小门敞着，一个家人模样的人匆匆走出。他来到门前朝里张望，一座花园玲珑精致。心说这就是往日听闻却不曾眼见的后花园吧。柳生迟疑片刻，就走将进去。里面山水树花，应有尽有。那石山石屏虽是人工堆就，却也极为逼真。中间的池塘不见水，被荷叶满满遮盖，一座九曲石桥就贴在荷叶之上。一小亭立于池塘旁，两侧有两棵极大的枫树，枫叶在亭上执手相望。

亭内可容三四人，屏前置瓷墩两个，屏后有翠竹百十竿，竹子后面的朱红栏杆断断续续，栏杆后面花卉无数。有盛开的桃花、杏花、梨花，有未曾盛开的海棠、菊花、兰花。桃杏犹繁，争执不下，其间的梨花倒是安然观望，一声不吭。

不知不觉间，柳生来到绣楼前。足下的路蓦然断去，柳生抬头仰视。绣楼窗棂四开，风从那边吹来，穿楼而过。柳生嗅得阵阵袭人的香气。此刻暮色徐徐而来，一阵吟哦之声从绣楼的窗口缓缓飘落。那声音犹如瑶琴之音，点点滴滴如珠落盘，细细长长如水流潺潺。随风拂拂而下，随暮色徐徐散开。柳生也不去分辨吟哦之词，只是一味在声音里如醉一般，飘飘欲仙。

暮色沉重起来，一片灰色在空中挥舞不止，然而柳生仰视绣楼窗口的双眼纹丝未动，四周的一切全然不顾。漫长的视野里仿佛出现了一条如玉带一般的河流，两种景致出现在双眼两侧，一是袅娜的女子行走在河流边，一是悠扬的垂柳飘拂在晚风里。两种情景时分时合，柳生眼花缭乱。

这销魂的吟哦之声开始接近柳生，少顷，一位如花似玉的女子在窗框中显露出来。女子怡然自得，樱桃小口笑意盈盈，吟哦之声就是在此处飘扬而出。一双秋水微漾的眼睛飘忽游荡，往花园里倾吐绵绵之意。然后，看到了柳生，不觉“呀”的一声惊叫，顿时满面羞红，急忙转身离去。这一眼恰好与柳生相遇。这女子深藏绣楼，三春好处无人知晓，今日让柳生撞见，柳生岂不昏昏沉沉如同坠入梦中。刚才那一声惊叫，就如弦断一般，吟哦之声戛然而止。

接下去万籁无声，似乎四周的一切都在烟消云散。半晌，柳生才算回过神来。回味刚才的情形，真有点儿虚无缥缈，然而又十分真切。再看那窗口，一片空空。但是风依旧拂拂而下，依旧香气袭人，柳生觉到了一丝温暖，这温暖恍若来自刚才那女子的躯体，使柳生觉得女子仍在绣楼之中。于是仿佛亲眼见到风吹在女子身上，吹散了她身上的袭人香气和体温，又吹到了楼下。柳生伸出右手，轻轻抚摸风中的温暖。

此时一个丫鬟模样的女子出现在窗口，她对柳生说：

“快些离去。”

她虽是怒目圆睁，神色却并不凶狠，柳生觉得这怒是佯装而成。柳生自然不会离去。仍然看着窗户目不斜视。倒是丫鬟有些难堪，一个男子如此的目光委实难以承受。丫鬟离开了窗户。

窗户复又空洞起来，此刻暮色越发沉重了，绣楼开始显得模模糊糊。柳生隐约听得楼上有说话之声，像是进去了一个婆子，婆子的声音十分洪亮。下面是丫鬟尖厉的叫嚷，最后才是小姐。小姐的声音虽如滴水一般轻盈，柳生还是沐浴到了。他不由微微一笑，笑容如同水波一般波动了一下，柳生自己丝毫不觉。

丫鬟再次来到窗口，嚷道：

“还不离去？”

丫鬟此次的面容已被暮色篡改，模糊不清，只是两颗黑眼珠子亮晶晶，透出许多怒气，柳生仿佛不曾听闻，如树木种下一般站立着。又怎能离去呢？

渐渐地绣楼变得黑沉沉，此刻那敞着的窗户透出了丝丝烛光，烛光虽然来到窗外，却不曾掉落在地，只在柳生头顶一尺处来去。然而烛光却是映出了楼内小姐的身影，投射在梁柱之上，刚好为柳生目光所及。小姐低头沉吟的模样虽然残缺不全，可却生动无比。

有几滴雨水落在柳生仰视的脸上，雨水来得突然，柳生全然不觉。片刻后雨水放肆起来，劈头盖脸朝柳生打来。他始才察觉，可仍不离去。

丫鬟又在窗口出现，丫鬟朝柳生张望了一下，并不说话，只是将窗户关闭。小姐的身影便被毁灭。烛光也被收了进去，为窗纸所阻，无法复出。

雨水斜斜地打将下来，并未打歪柳生的身体，只是打落了他戴的小帽，又将他的头发朝一边打去。雨水来到柳生身上，曲折而下。半晌，柳生在风雨声里，渐渐听出了自己身体的滴答之声。然而他无暇顾及这些，依然仰视楼内的烛光，烛光在窗纸上跳跃抖动。虽不见小姐的身影，可小姐似乎更为栩栩如生。

窗户不知何故复又打开，此刻窗外风雨正猛。丫鬟先是在窗口露了一下，片刻后小姐与丫鬟双双来到窗口，朝柳生张望。柳生尚在惊喜之中，楼上两人便又离去，只是窗户不再关闭。柳生望到楼内梁柱上身影重叠，又瞬时分离。不一刻，楼上两人又行至窗前，随即一根绳子缓缓而下，在风雨里荡个不停。柳生并未注意这些，只是痴痴望着小姐。于是丫鬟有些不耐烦，说道：

“还不上来。”

柳生还是未能明白，见此状小姐也开了玉口：

“请公子上来避避风雨。”

这声音虽然细致，却使勇猛的风雨之声顷刻消去。柳生始才恍然大悟，举足朝绳子迈去，不料四肢异常僵硬。他在此站立多时不曾动弹，手脚自然难以使唤。好在不多时便已复原，他攀住绳子缓缓而上，来到窗口，见小姐已经退去，靠丫鬟相助他翻身跃入楼内。

趁丫鬟收拾绳子关闭窗户，柳生细细打量小姐。小姐正在离他五尺之远处亭亭玉立，只见她霞裙月帔，金衣玉身。朱唇未动，柳生已闻得口脂的艳香。小姐羞答答侧身向他。这时丫鬟走到小姐近旁站立。柳生慌忙向小姐施礼：

“小生姓柳名生。”

小姐还礼道：

“小女名惠。”

柳生又向丫鬟施礼，丫鬟也还礼。

施罢礼，柳生见小姐丫鬟双双掩口而笑。他不知是自己模样狼狈，也赔上几声笑。

丫鬟道：

“你就在此少歇，待雨过后，速速离去。”

柳生并不作答，两眼望小姐。小姐也说：

“公子请速更衣就寝，免得着凉。”

说毕，小姐和丫鬟双双向外屋走去。小姐红袖摇曳，玉腕低垂离去。那离去的身姿，使柳生蓦然想起白日里所见鱼儿扭动的妩媚。丫鬟先挑起门帘出去，小姐行至门前略为迟疑，挑帘而出时不禁回眸一顾。小姐这回眸一顾，可谓情意深长，使柳生不觉神魂颠倒。

良久，柳生才知小姐已经离去，不由得心中一片空落落不知如何才是。环顾四周，见这绣楼委实像是书房，一摞摞书籍整齐地堆在梁子上，一张瑶琴卧案而躺。然后柳生才看到那张红木雕成的绣床，绣床被梅花帐遮去了大半。一时间柳生觉得心旌摇晃，浑身上下有一股清泉在流淌。柳生走到梅花帐前，嗅到了一股柏子香味，那翡翠绿色的被子似乎如人一般仰卧，花纹在烛光里躲躲闪闪。小姐虽去，可气息犹存。在柏子的香味中，柳生嗅出了另一种淡雅的气息，那气息时隐时现，似真似假。

柳生在床前站立片刻，便放下了梅花帐，帐在手里恍若是小姐的肌肤一般滑润。梅花帐轻盈而下，一直垂至地下弯曲起来。柳生退至案前烛光下，又在瓷凳上坐落。再望那床，已被梅花帐遮掩，里面翡翠绿色的被子隐隐可见。状若小姐安睡。此刻柳生俨然已成小姐的郎君。小姐已经安睡，他则挑灯夜读。

柳生见案上翻着一本词集，便从小姐方才读过处往下读去。字字都在跳跃，就像窗外的雨水一般。柳生沉浸在假想的虚景之中，听着窗外的点滴雨声，在这良辰美景里缓缓睡去。

朦朦胧胧里，柳生听得有人呼唤，那声音由远而近，飘飘而来。柳生蓦然睁开眼来，见是小姐伫立身旁。小姐此刻云髻有些凌乱，脸上残妆犹见。虽是这副模样，却比刚才更为生动撩人。一时间柳生还以为是梦中的情景，当听得小姐说话，才知情景的真切。

小姐说：

“雨已过去，公子可以上路了。”

果然窗外已无雨水之声，只是风吹树叶沙沙响着。

见柳生一副神情恍惚的模样，小姐又说：

“那是树叶之声。”

小姐站在阴暗处，烛光被柳生所挡。小姐显得幽幽动人。柳生凝视片刻，不由长叹一声，站立起来道：

“今日一别，难再相逢。”

说罢往窗口走去。

可是小姐纹丝未动，柳生转回身来，才见小姐眼中已是泪光闪闪，那模样十分凄楚。柳生不由走上前去，捏住小姐低垂的玉腕，举到胸襟。小姐低头不语，任柳生万般抚摸。半晌，小姐才问：

“公子从何而来？将去何处？”

柳生如实相告，又去捏住小姐另一只手。此刻小姐才仰起脸来细细打量柳生。两人执手相看，叙述一片深情。

此刻烛光突然熄灭，柳生顺势将玉软香温的小姐抱入怀中。小姐轻轻“呀”了一声，便不再作声，却在柳生怀中颤抖不已。此时柳生也已神魂颠倒。仿佛万物俱灭，唯两人交融在一起。柳生抚摸不尽，听得呼吸声长短不一，也不知哪声是自己，哪声是小姐。一个是寡阴的男子，一个是少阳的女子，此刻相抱成团，如何能分得出你我。

窗外传来更夫打更的声响，才使小姐蓦然惊醒过来。她挣脱柳生的搂抱，沉吟片刻，说道：

“已是四更天，公子请速速离去。”

柳生在一片黑色中纹丝未动，半晌才答应一声，然后手摸索到了包袱，接着又是久久站立。

小姐又说：

“公子离去吧。”

那声音凄凉无比，柳生听到了小姐的微微抽泣声，不觉自己也泪流而下。他朝小姐摸索过去，两人又是一阵难分你我的搂抱。然后柳生朝门口走去。行至窗前，听得小姐说：

“公子留步。”

柳生转回身去，看着小姐模糊的黑影在房里移动，接着又听到了剪刀咔嚓一声。片刻后，小姐向他走来，将一包东西放入他手中。柳生觉得手中之物沉甸甸，也不去分辨是何物，只是将其放入包袱。然后柳生爬出窗外，顺绳而下。

着地后柳生抬头仰视，见小姐站立窗前。只能看到一个身影。小姐说：

“公子切记，不管榜上有无功名，都请早去早回。”

说罢，小姐关闭了窗户。柳生仰视片刻便转身离去。后门依旧敞着，柳生来到了院外。有几滴残雨打在他脸上，十分阴冷。然后听到了马嘶声，马嘶声在寂静的夜色里嘹亮无比。柳生走过了空空荡荡的街市，并未遇上行人，只是远远看到一个更夫提着灯笼在行走。不久之后，柳生已经踏上了黄色大道。良久，晨光才依稀显露出来。柳生并不止步，看看远近的茅舍树木开始恢复原貌，柳生感到足下的大道踏实起来。待红日升起时，他已经远离了小姐的绣楼。他这才打开包袱，取出小姐给他的那一包东西。打开后，他看到了一缕乌黑的发丝和两封雪白的细丝锭子，它们由一块绣着一对鸳鸯的手帕包起。柳生心中不由流淌出一股清泉。于是收起，重新放入包袱，耳边不觉响起小姐临别之言：

“早去早回。”

柳生疾步朝前走去。

二

数月后，柳生落榜归来。他在黄色大道上犹豫不决地行走。虽一心向往与小姐重逢，可落榜之耻无法回避。他走走停停，时快时慢。赴京之时尚是春意喧闹，如今归来却已是萧萧秋色。极目远眺，天淡云闲，一时茫茫。眼看着那城渐近，柳生越发百感交集。近旁有一条河流，柳生便走到水旁，见水中映出的人并非锦衣绣缎，只是布衣褴褛。心想赴京之时是这般模样，归来仍旧是这般模样。季节尚能更换，他却无力锦衣荣归，又如何有脸与小姐相会。

柳生心里思量着重新上路，不觉来到了城门口。一片喧哗声从城门蜂拥而出，城中繁荣的景象立刻清晰在目。

柳生行至喧闹的街市，不由止步不前，虽然离去数月，可街市的面貌依然如故，全不受季节更换影响。柳生置身其间，再度回想数月前与小姐绣楼相逢之事，似乎是虚幻中的一桩风流逸事。然而小姐临别之言却千真万确，小姐的声音点滴响起：

“不管榜上有无功名，还请早去早回。”

柳生此刻心里波浪迭起，不能继续犹豫，便急步朝前走去。小姐伫立窗口远眺的情景，在柳生急步走去时栩栩如生。因为过久的期待而变得幽怨的目光，在柳生的想象里含满泪水。重逢的情形是黯然无语，也可能是鲜艳的。他将再次攀绳而上则必定无疑。

然而柳生行至那富贵的深宅大院前，展示给他的却是断井颓垣，一片废墟。小姐的绣楼已不复存在，小姐又如何能够伫立窗前？面对一片荒凉，柳生一阵头晕目眩。眼前的一切始料不及，似乎是瞬间来到。回想数月前首次在这里所见的荣华富贵，历历在目似乎就在刚才。再看废墟之上却是朽木烂石，杂草丛生，一片凄凉景象。往日威武的石狮也不知去向。

柳生在往日的正门处呆立半晌，才沿着那一片废墟走去。行不多远他止住脚步，心说此处便是偏门。偏门处自然也是荒凉一片。柳生继续行走，来到了往日的后花园处，一截颓垣孤苦伶仃站立着，有半扇门斜靠在那里。这后门倒还依稀可见。柳生踏上废墟，深浅不一地行走过去，细细分辨何处是九曲石桥，何处是荷花满盖的池塘，何处是凉亭和朱栏，何处是翠竹百十竿，何处是桃杏争妍。往日的一切皆烟消云散，倒是两棵大枫树犹存，可树干也已是伤痕累累。那当初尚是柘黄的枫叶，入了秋季，又几经霜打，如今红红一片，如同涂满血一般，十分耀眼。几片落叶纷纷扬扬掉落下来，这枫树虽在盛时，可也已经显露出落魄的光景来了。

最后，柳生才来到往日的绣楼前。见几堆残瓦，几根朽木，中间一些杂草和野花。往昔繁荣的桃杏现在何方？唯有几朵白色的野花在残瓦间隙里苟且生长。柳生抬头仰视，一片空旷。可是昔日攀绳而上进入绣楼的情景，在这一片空旷里隐约显露出来。显然是重温，可也十分真切，仿佛身临其境。然而柳生的重温并未持续到最后，而在道出那句“今日一别，难再相逢”处蓦然终止。绣楼转瞬消去，那一片空旷依旧出现。柳生醒悟过来，仔细回味这话，没料到居然说中了。

此刻暮色开始降临，柳生依旧站立片刻，然后才转身离去。他离去时仍然走来时的路，如数月前一般走出后门。此后在废墟一旁行走，最后一次回顾昔日的繁荣。

待柳生来到街市上，已是掌灯时候。两旁酒楼茶亭悬满灯笼，耀如白日。街上依旧人流不息，走路人并不带灯笼。柳生向两旁卖酒的，卖茶的，卖面的，卖馄饨的一一打听小姐的去向，然而无人知晓。正在惆怅时，一小厮指点着告知柳生：

“这人一定知晓。”

柳生随即望去，见酒店柜台外一人席地而坐，蓬头垢面衣衫褴褛。小厮告知柳生，此人即是那深宅大院的管家。柳生赶紧过去，那管家两眼睁着，却是无精打采，见柳生过去，便伸出一只满是污垢的手，向柳生乞讨。柳生从包袱里摸出几文放入他的手掌。管家接住立即精神起来，站起把钱拍在柜台上，要了一碗水酒，一饮而尽。随即又软绵绵坐落下去斜靠在柜台上。柳生向他打听小姐的去处，他听后双眼一闭，喃喃说道：

“昔日的荣华富贵啊。”

翻来覆去只此一句。柳生再问过一次，管家睁开眼来，一双污手又伸将过来。柳生又给了几文，他照旧换了水酒喝下。而回答柳生的仍然是：

“昔日的荣华富贵啊。”

柳生叹息一声，知道也问不出什么，便转身离去，他在街市里行走了数十步，然后不知不觉地拐入一条僻巷。巷中一处悬着灯笼，灯笼下正卖着茶水。柳生见了，才发觉自己又饥又渴，就走将过去，在一条长凳上落座，要了一碗茶水，慢慢饮起来。身旁锅里正煮着水，茶桌上插着几株时鲜的花朵。柳生辨认出是菊花、海棠、兰花三种。柳生不由想起数月前步入那后花园的情形，那时桃、杏、梨三花怒放，而菊、兰和海棠尚未盛开。谁想到如今却在这里开放了。

三

三年后，柳生再度赴京赶考，依旧行走在黄色大道上。虽然仍是阳春时节，然而四周的景致与前次所见南辕北辙，既不见桃李争妍，也不见桑麻遍野。极目望去，树木枯萎，遍野黄土；竹篱歪斜，茅舍在风中摇摇欲坠。倒是一副寒冬腊月的荒凉景致。一路走来，柳生遇到的尽是些衣衫褴褛的行乞之人。

柳生在这荒年里，依然赴京赶考。他在走出茅舍之时，母亲布机上的沉重声响并未追赶而出，母亲已安眠九泉之下。母亲死后的一些日子，他靠的是三年前小姐所赠的两封纹银度日，才算活下来。若此去再榜上无名，柳生将永无光耀祖宗的时机。他在踏上黄色大道时蓦然回首，茅屋上的茅草在风中纷纷扬扬。于是他赶考归来时茅屋的情形，在此刻已经预先可见。茅屋也将像母亲布机上的沉重声响一般，消失得无影无踪。

柳生行走了数日，一路之上居然未见骑马的达官贵人，也不曾遇上赴京赶考的富家公子。脚下的黄色大道坎坷不平，在荒年里疲惫延伸。他曾见一人坐落在地，啃吃翻出泥土的树根，吃得满嘴是泥。从这人已不能遮体的衣衫上，柳生依稀分辨出是上好料子的绣缎。富贵人家都如此沦落，穷苦人家也就不堪设想。柳生感慨万分。

一路之上的树木皆伤痕累累，均为人牙所啃。有些树木还嵌着几颗牙齿，想必是用力过猛，牙齿便留在了树上。而路旁的尸骨，横七竖八，每走一里就能见到三两具残缺不全的人尸。那些人尸都是赤条条的，男女老幼皆有，身上的褴褛衣衫都被剥去。

柳生一路走来，四野里均是黄黄一片，只一次见到一小块绿色青草。却有十数人趴在草上，臀部高高翘起，急急地啃吃青草，远远望去真像是一群牛羊。他们啃吃青草的声响沙沙而来，犹如风吹树叶一般。柳生不敢目睹下去，急忙扭头走开。然而扭头以后见到的另一幕，却是一个垂死之人在咽一撮泥土，泥土尚未咽下，人就猝然倒地死去。柳生从死者身旁走过，觉得自己两腿轻飘，真不知自己是行走在阳间的大道，还是阴间的小路。

这一日，柳生来到了岔路口，驻足打量，渐渐认出这个地方。再一看，此处早已面目全非。三年前的青青芳草，低垂长柳而今毫无踪迹。草已被连根拔去，昨日所见十数人啃吃青草的情景在这里也曾有过。而柳树光秃秃的虽生犹死。河流仍在。柳生行至河旁，见河流也逐渐枯干，残留之水混浊不清。柳生伫立河旁，三年前在此所见的一切慢慢浮现。曾有一条白色的鱼儿在水中游来游去，那躯体扭动得十分妩媚。于是在绣楼里看小姐朝外屋走去的情景，也一样清晰在目。虽然时隔三年，可往日的情景仿佛就在眼前。可是又转瞬消逝，眼前只是一条行将枯干的河流。在混浊的残水里，如何能见白色鱼儿的扭动？而小姐此刻又在何方？是生是死？柳生抬头仰视，一片茫然。

柳生重新踏上黄色大道时，已能望到那城，一旦越走越近，往事重又涌上心头。小姐的影子飘飘忽忽，似近似远，仿佛伴随他行走。而那富贵的深宅大院和荒凉的断井残垣则交替出现，有时竟然重叠在一起。

仅到城边，柳生就已嗅到了城中破落的气息。城门处冷冷清清，全不见乡里人挑着担子、提着篮子进出的情景，也不见富家公子游手好闲的模样。城内更无沸腾的人声，只是一些面黄肌瘦的人四分五裂地独自行走。即便听得一些说话声，也是有气无力。虽然仍是五步一楼，十步一阁，可楼阁之上的金粉早已剥落，露出了里面的丧气。柳生走在街市上，已经没有仕女游人，而一些布衣寒士满脸的丧魂落魄。昔日铺满街道的茶亭酒店如今寥寥无几，大多已经关门闭店，人去屋空。灰尘布满了门框和窗棂。幸存的几家也挂不出肥肥的羊肉，卖不出橘饼和粽子了。酒保小厮都是一脸的呆相，活泼不起来，酒店的柜子上依旧放着些盘子，可不是一排铺开，而是摞在一起。盘中空空无物。更不见乡里人捧着汤面薄饼来卖。

柳生一边行走，一边回想昔日的繁荣，似乎在梦境之中。世事如烟，转瞬即逝。不觉来到了那座庙宇前。再看这昔日金碧辉煌的庙宇，如今一副落魄的模样。门前的石阶断断续续，犹如山道一般杂乱。庙内那棵百年柏树已是断肢残体。柱子房梁斑斑驳驳，透出许多腐朽来。铺砖的地上是杂草丛生。柳生站立片刻，拿下包袱，从里取出几张事先完成的字画，贴在庙墙之上。虽有一些过往的人，却都是愁眉苦脸，谁还有闲情逸致来附庸风雅？柳生期待良久，看这寂寞的光景，想是不会有人来买他的字画了，只得收起放入包袱。柳生这一路过来，居然未卖出一张字画，常常忍饥挨饿。小姐昔日所赠的纹银已经剩余不多，柳生岂敢随便花用。

柳生离了庙宇，又行至街市上，再度回想昔日的繁华，又是一番感慨。这感慨其实源于小姐的绣楼和那气派的深宅大院。看到这城也如此落难，再想那绣楼的败落，柳生心里不再一味感伤小姐，开始感叹世事的瞬息万变。

这么想着，柳生来到了那一片断井颓垣的废墟前。三年下来，此处今日连断井颓垣也无影无踪，眼前出现的只是一片荒地。小姐的绣楼已无法确认，整个荒地里只是依稀有些杂草，一片残瓦、一根朽木都难以找到。若不是那两棵状若尸骨的枫树，柳生怕是难以确认此处。仿佛此处已经荒凉了百年，不曾有过富贵的深宅大院，不曾有过翠树和鲜花，不曾有过后花园和绣楼，也不曾有过名惠的小姐。而柳生似也不曾来过这里，即便三年前来过，那三年前这里也是一片荒地。

柳生站立良久，始才转身离去。离去时觉得身子有些轻飘。对小姐的沉重思念，不知不觉中淡去了许多。待他离去甚远，那思念也瓦解得很干净了，似乎他从未有过那一段销魂的时光。

柳生并未返回街市，而是步入了一条僻巷。柳生行走其间，只是两旁房屋蛛网悬挂，不曾听得有人语之声，倒也冷清。柳生此刻不愿步入街市与人为伍，只图独个儿走走，故而此僻巷甚合他意。柳生步穿了僻巷，来到一片空地上，只有数十荒冢均快与地面一般平了，想是年久无人理睬。再看不远处有一茅棚，棚内二人都屠夫模样，棚外有数人。柳生尚不知此处是菜人市场，便走将过去。因为荒年粮无颗粒，树皮草根渐尽，便以人为粮，一些菜人市场也就应运而生。

棚内二人在磨刀石上磨着利斧，棚外数人提篮挑担仿佛守候已久，篮与担内空空无物。柳生走到近旁，见不远处来了三人，一个衣不蔽体的男子走在头里，后面跟着一妇一幼，这一妇一幼也衣不蔽体。那男子走入棚内，棚内二人中一店主模样的就站立起来。男子也不言语，只是用手指点指点棚外的一妇一幼。店主瞧了一眼，向那男子伸出三根手指，男子也不还价，取了三吊钱走出棚外径自去了。柳生听得那幼女唤了一声“爹”，可那男子并不回首，疾走而去，转眼消失了。

再看店主，与伙计一起步出棚外，将那妇人的褴褛衣衫撕了下来，妇人便赤条条一丝不挂了，妇人的腹部有些肿胀，而别处却奇瘦无比。妇人被撕去衣衫时，也不做挣扎，只是身子晃动了一下，而后扭过头去看身旁的幼女。那两人在撕幼女的衣衫，幼女挣扎了一下，但仰脸看了看妇人后便不再动了。幼女看上去才十来岁光景，虽然瘦骨伶仃，可比那妇人肥胖些。

棚外数人此刻都围上前去，与店主交涉起来。听他们的话语，似乎都看中了那个幼女，他们嫌妇人的肉老了一些。店主有些不耐烦，问道：

“是自家吃？还是卖与他人？”

有二人道是自家吃，其余都说卖与他人。

店主又说：

“若卖与他人，还是肉块大一些好。”

店主说着指点一下妇人。

又交涉一番，才算定下来。

这时妇人开口说道：

“她先来。”

妇人的声音模糊不清。

店主答应一声，便抓起幼女的手臂，拖入棚内。

妇人又说：

“行行好，先一刀刺死她吧。”

店主说：

“不成，这样肉不鲜。”

幼女被拖入棚内后，伙计捉住她的身子，将其手臂放在树桩上。幼女两眼瞟出棚外，看那妇人，所以没见店主已举起利斧。妇人并不看幼女。

柳生看着店主的利斧猛劈下去，听得“咔嚓”一声，骨头被砍断了，一股血四溅开来，溅得店主一脸都是。

幼女在“咔嚓”声里身子晃动了一下。然后她才扭回头来看个究竟，看到自己的手臂躺在树桩上，一时间目瞪口呆。半晌，才长嚎几声，身子便倒在了地上。倒在地上后哭喊不止，声音十分刺耳。

店主此刻拿住一块破布擦脸，伙计将手臂递与棚外一提篮的人。那人将手臂放入篮内，给了钱就离去。

这当儿妇人奔入棚内，拿起一把放在地上的利刃，朝幼女胸口猛刺。幼女窒息了一声，哭喊便戛然终止。待店主发现为时已晚。店主一拳将妇人打到棚角，又将幼女从地上拾起，与伙计二人令人眼花缭乱地肢解了幼女，一件一件递与棚外的人。

柳生看得魂不附体，半晌才醒悟过来。此刻幼女已被肢解完毕，店主从棚角拖出妇人。柳生不敢继续目睹，赶紧转身离去，躲入僻巷。然而店主斧子砍下的沉重声响，与妇人撕裂般的长嚎却追赶而来，使柳生一阵颤抖，直到他疾步走出僻巷，那些声音才算消失。可是刚才的情景却难以摆脱，凄惨惨地总在柳生眼前晃动。无论柳生走到何处，这惨景就是不肯消去。柳生看着暮色将临，他不敢在城里露宿，便急急走到城外。踏上黄色大道时，才算稍稍平静一些。不久一轮寒月悬空而起，柳生走在月光之下，感到一丝丝的凉意。

四

次日午后，柳生来到一村子。这村子不过十数人家，均是贫寒的茅舍。茅舍上虽有烟囱挺立，却丝毫不见炊烟升空四散开去的情景。因为日光所照，道上盖着一层尘灰，柳生走在上面，尘土如烟般腾起。道上依稀留有几双人过后的足印，却没有马蹄的痕迹，也没有狗和猪羊以及家禽的印迹。有一条短路从道旁岔开去，岔处下是一条涧沟。涧沟里无水，稀稀长着几根黄草。涧沟上有一小小板桥。柳生没有跨上板桥，所以也就不会踏上那条小路。他走入了道旁的茅屋。

这茅屋是个酒店。柜上摆着几个盘子，盘中均是大块的肉，煮得很白。店内三人，一个店主身材瘦小，两个伙计却是五大三粗。虽然都穿着布衫，倒也整洁，看不到上面有补丁。在这大荒之年，这酒店居然如石缝中草一般活下来，算是一桩奇事了。再看店内三人，虽说不上是红光满面，可也不至于面黄肌瘦。柳生一路过来，很少看到还有点儿人样的人。

柳生昨日黄昏离开那城，借着月光一直走到三更时候，才在一破亭里歇脚，将身子像包袱般卷成一团，倒在亭角睡去。次日熹微又起身赶路，如今站在这酒店门外，只觉得自己身子摇晃双眼发飘。一日多来饭没进一口，水没喝一滴，又不停赶路，自然难以支持下去，那店主此刻满脸笑容迎上去，问：

“客官要些什么？”

柳生步入酒店，在桌前坐定，只要了一碗茶水和几张薄饼。店主答应一声，转眼送了上来。柳生将茶水一口饮尽，而后才慢慢吃起了薄饼。

这时节，一个商人模样的人走将进来，这人身着锦衣绣缎，气宇不凡，身后跟着两个家人，都挑着担。商人才在桌前坐定，店主就将上好的水酒奉上，并且斟满一盅推到他面前。商人将水酒一饮而尽，随后从袖内掏出一把碎银拍在桌上，说：

“要荤的。”

那两个伙计赶紧端来两盘白白的肉，商人只是看了一眼，就推给了家人，又道：

“要新鲜的。”

店主忙说：

“就去。”

说罢和两个伙计走入了另一间茅屋。

柳生吃罢薄饼，并不起身，他依旧坐着，此刻精神了许多，便打量起近旁这三人来。两个家人虽也坐下，但主人要的菜未上，也就不敢动眼皮底下的肉。那商人一盅一盅地喝着酒，才片刻工夫就不耐烦，叫道：

“还不上菜？！”

店主在旁屋听见了，忙答应：

“就来，就来。”

柳生才站立起来，背起包袱正待往外走去，忽然从隔壁屋内传出一声撕心裂肺般的喊叫，声音疼痛不已，如利剑一般直刺柳生胸膛。声音来得如此突然，使柳生好不惊吓。这一声喊叫拖得很长，似乎集一人毕生的声音一口吐出，在茅屋之中呼啸而过。柳生仿佛看到声音刺透墙壁时的迅猛情形。

然后声音戛然而止，在这短促的间隙里，柳生听得斧子从骨头中发出的吱吱声响。昨日在城中菜人市场所见的一切，此刻清晰重现了。

叫喊声复又响起，这时的喊叫似乎被剁断一般，一截一截而来。柳生觉得这声音如手指一般短，一截一截十分整齐地从他身旁迅速飞过。在这被剁断的喊叫里，柳生清晰地听到了斧子砍下去的一声声。斧子声与喊叫声此起彼伏，相互填补了各自声音的间隙。

柳生不觉毛骨悚然。然而看那坐在近旁的三人，全然不曾听闻一般，若无其事地饮着酒。商人不时朝那扇门看上一眼，仍是一副十分不耐烦的模样。

隔壁的声音开始细小下去，柳生分辨出是一女子在呻吟。呻吟声已没有刚才的凶猛，听来似乎十分平静，平静得不像是呻吟，倒像是瑶琴声声传来，又似吟哦之声飘飘而来。那声音如滴水一般。三年前柳生伫立绣楼窗下，聆听小姐吟哦诗词的情形，在此刻模模糊糊地再度显示出来。柳生沉浸在一片无声无息之中。然而转瞬即逝，隔壁的声音确实是在呻吟。柳生不知为何蓦然感到是小姐的声音，这使他微微颤抖起来。

柳生并未知道自己正朝那扇门走去。来到门口，恰逢店主与两个伙计迎面而出。一个伙计提着一把溅满血的斧子，另一个伙计倒提着一条人腿，人腿还在滴血。柳生清晰地听到了血滴在泥地上的滞呆声响。他往地上望去，都是斑斑血迹，一股腥味扑鼻而来。可见在此遭宰的菜人已经无数了。

柳生行至屋内，见一女子仰躺在地，头发散乱，一条腿劫后余生，微微弯曲，另一条腿已消失，断处血肉模糊。柳生来到女子身旁，蹲下身去，细心拂去遮盖在女子脸上的头发。女子杏眼圆睁，却毫无光彩。柳生仔细辨认，认出来正是小姐惠。不觉一阵天旋地转。没想到一别三年居然在此相会，而小姐竟已沦落为菜人。柳生泪如泉涌。

小姐尚没咽气，依旧呻吟不止。难忍的疼痛从她扭曲的脸上清晰可见。只因声音即将消耗完毕，小姐最后的声音化为呻吟时，细细长长如水流潺潺。虽然小姐杏眼圆睁，可她并未认出柳生。显示在她眼中的只是一个陌生的男子，她用残留的声音求他一刀把她了结。

任凭柳生百般呼唤，小姐总是无法相认。在一片无可奈何与心如刀割里，柳生蓦然想起当初小姐临别所赠的一绺头发，便从包袱中取出，捧到小姐眼前。半晌，小姐圆睁的杏眼眨了一下，呻吟声戛然终止。柳生看到小姐眼中出现了闪闪泪光，却没看到小姐的手正朝他摸索过来。

小姐用最后的声音求柳生将她那条腿赎回，她才可完整死去。又求他一刀了结自己。小姐说毕，十分安然地望着柳生，仿佛她已心满意足。在这临终之时，居然能与柳生重逢，她也就别无他求。

柳生站立起来，走出屋门，走入酒店的厨房。此刻一个家人正在割小姐断腿上的肉。那条腿已被割得支离破碎。柳生一把推开家人，从包袱里掏出所有银子扔在灶台上。这些银子便是三年前小姐绣楼所赠银子的剩余。柳生捧起断腿时，同时看到案上摆着一把利刀。昨日在城中菜人市场，所见妇人一刀刺死其幼女的情景复又出现。柳生迟疑片刻，便毅然拿起了利刀。

柳生重新来到小姐身旁，小姐不再呻吟，她幽幽地望着柳生，这正是柳生想象中小姐伫立窗前的目光。见柳生捧着腿进来，小姐的嘴张了张，却没有声音。小姐的声音已先自死去了。

柳生将腿放在小姐断腿处，见小姐微微一笑。小姐看了看他手中的利刀，又看了看柳生。小姐所期待的，柳生自然明白。

小姐虽不再呻吟，却因为难忍的疼痛，她的脸越发扭曲。柳生无力继续目睹这脸上的凄惨，他不由闭上双眼。半晌，他才向小姐胸口摸索过去，触摸到了微弱的心跳，他似乎觉得是手指在微微跳动。片刻后他的手移开去，另一只手举起利刀猛刺下去。下面的躯体猛地收起，柳生凝住不动，感觉着躯体慢慢松懈开来。待下面的躯体不再动弹，柳生开始颤抖不已。

良久，柳生才睁开双眼，小姐的眼睛已经闭上，脸也不再扭曲，其神色十分安详。

柳生蹲在小姐身旁，神色恍惚。无数往事如烟般弥漫而来，又随即四散开去。一会儿是眼花缭乱的后花园景致，一会儿是云霞翠柱的绣楼，到头来却是一片空空，一派茫茫。

然后柳生抱起小姐，断腿在手臂上弯曲晃荡，他全然不觉。走出屠屋，行至店堂，也不见那商人正如何兴致勃勃啃吃小姐腿肉。他步出酒店踏上黄色大道。极目远望，四野里均为黄色所盖。在这阳春时节竟望不到一点绿色，又如何能见姹紫嫣红的鲜艳景致呢？

柳生朝前缓步行走，不时低头俯瞰小姐，小姐俯瞰一副了却了心愿的平和模样。而柳生却是魂已断去，空有梦相伴随。

走不多远，柳生来到一河流旁。河两岸是一片荒凉，几棵枯萎的柳树状若尸骨。河床里尚遗留一些水，水虽然混浊，却还在流动，竟也有些潺潺之声。柳生将小姐放在水旁，自己也坐落下去。

再端详起小姐来。身子上有许多血迹，还有许多污泥。柳生便解开小姐身子上的褴褛衣衫，听得一声声衣衫撕裂的声响。少顷，小姐身子清清白白地显露出来。柳生用河中之水细心洗去小姐身上的血迹和污泥。洗至断腿，断腿千疮百孔，惨不忍睹。柳生不由闭上双眼，在昨日城中菜人市场所见的情景复现里，他将断腿移开。

重新睁开眼来，腿断处跃入眼帘。斧子乱剁一阵的痕迹留在这里，如同乱砍之后的树桩。腿断处的皮肉七零八落地互相牵挂在一起，一片稀烂。手指触摸其间，零乱的皮肉柔软无比，而断骨的锋利则使手指一阵惊慌失措。柳生凝视很久，那一片断井颓垣仿佛依稀出现了。

不久胸口的一摊血迹来到。柳生仔细洗去血迹，被利刀捅过的创口皮肉四翻，里面依然通红，恰似一朵盛开的桃花。想到创口是自己所刺，柳生不觉一阵颤抖。三年积累的思念，到头来化为一刀刺下。柳生真不敢相信如此的事实。

将小姐擦净之后，柳生再次细细端详。小姐仰躺在地，肌肤如冰之清，如玉之润。小姐是虽死犹生。而柳生坐在一旁，却是茫茫无知无觉，虽生犹死。

然后柳生从包袱里取出自己换洗的衣衫，给小姐套上。小姐身着宽大的衣衫，看上去十分娇小。这情形使柳生泪如雨下。

柳生在近旁用手指挖出一个坑。又折了许多枯树枝填在坑底和两侧，再将小姐放入。然后在小姐身上盖满树枝。小姐便躲藏起来，可又隐约能见。柳生将土盖上去，筑起一座坟冢，又在坟上洒了些许河中之水。

而后便是在坟前端坐，脑中却是空空无物。直到一轮寒月升空，柳生才醒悟过来。见月光照在坟中反射出许多荧荧之光。柳生听得河水潺潺流动，心想小姐或许也能听到，若小姐也能听到便不会寂寞难忍。

这么想着，柳生站立起来，踏上了月色溶溶的大道，在万籁俱寂的夜色里往前行走。在离小姐逐渐远去的时刻里，柳生心中空空荡荡，他只听到包袱里笔杆敲打砚台的孤单声响。

五

数年后，柳生三次踏上黄色大道。

虽然他依旧背着包袱，却已不是赴京赶考。自从数年前葬了小姐，柳生尽管依然赴京，可心中的功名渐渐四分五裂，消散而去。故而当又是榜上无名，柳生也全无愧色，十分平静地踏上了归途。

数年前，柳生落榜而归，再至安葬小姐的河边时，已经无法确认小姐的坟冢，河边蓦然多出了十数座坟冢，都是同样的荒凉。柳生伫立河边良久，始才觉得世上断肠人并非只他一人。如此一想倒也去掉了许多感伤。柳生将那些荒冢，一一除了草，又一一盖了新土。又凝视良久，仍无法确认小姐安睡之处，便叹息一声离去了。

柳生一路行乞回到家中时，那茅屋早无踪影。展现在眼前的只是一块空地，母亲的织机也不知去向。这情景尚在柳生离开时便已预料到了，所以他丝毫没有惊慌。他思忖的是如何活下去。在此后的许多时日里，柳生行乞度日。待世上的光景有所转机，他才投奔到一大户人家，为其看守坟场。柳生住在茅屋之中，只干些为坟冢除草添土的轻松活儿，余下的时间便是吟诗作画。虽然穷困，倒也过得风流。偶尔也会惦记起一些往事，小姐的音容笑貌便会栩栩如生一阵子。每临此刻，柳生总是神思恍惚起来，最终以声叹息了却。如此度日，一晃数年过去了。

这一年清明来到，主人家中大班人马前来祭扫祖坟。丫鬟婆子家人簇拥着数十个红男绿女，声势浩荡而来。满目琳琅的供品铺展开来，一时间坟前香烟缭绕，哭声四起。柳生置身其间，不觉泪流而下。柳生流泪倒不是为坟内之人，实在是触景生情。想到虽是清明时节，却不能去父母坟前祭扫一番，以尽孝意。随即又想起小姐的孤坟，更是一番感慨。心说父母尚能相伴安眠九泉，小姐独自一人岂不更为凄惨。

次日清晨，柳生不辞而别。他先去祭扫了父母的坟墓，而后踏上黄色大道，奔小姐安眠的河边而去。

柳生在道上行走了数日，一路上尽是明媚春光，姹紫嫣红的欢畅景致接连不断。放眼望去，一处是桃柳争妍，一处是桑麻遍野。竹篱茅舍在绿树翠竹之间，还有涧沟里细水长流。昔日的荒凉景象已经销声匿迹，柳生行走其间，恍若重度首次踏上黄色大道的美好时光。昔日的荒凉远去，昔日的繁荣却卷土重来，覆盖了柳生的视野。然而荒凉和繁荣却在柳生心中交替出现，使柳生觉得脚下的黄色大道一会儿虚幻，一会儿不实。极目远眺，虽然鲜艳的景致欢畅跳跃，可昔日的荒凉并未真正销声匿迹，如日光下的阴影一般游荡在道旁和田野之中。柳生思忖着这一番繁荣又能维持几时呢？

柳生一路走来，遇上几个赴京赶考的富家公子，才蓦然想起又逢会试之年。算算自己首次赴京赶考，已是十多年前的依稀往事。再思量这些年来的无数曲折，不觉感叹世事突变实在无情无义。那几个富家公子都是一样的踌躇满志。柳生不由为之叹息，想世事如此变化无穷，功名又算什么。

道两旁曾经是伤痕累累的枯树，如今枝盛叶茂。几个乡里人躺在树荫下佯睡，这一番悠闲道出了世道昌盛。迎风起舞的青青芳草上，有些许牛羊懒洋洋或卧或走动。柳生如此走去，不觉又来到了岔路口，近旁的河流再度出现在他眼前。

那正是他首次赴京时留迹过的河流。河旁的青草经历了灭绝之灾，如今又茁壮成长。而长枝低垂的柳树曾状若尸骨，现在却在风中愉快摇曳。柳生走将过去，长长的青草插入裤管，引出许多亲切。来到河旁，见河水清澈见底，水面上有几片绿叶漂浮。一条白色的鱼儿在柳生近旁游来游去，那扭动的姿态十分妩媚。这里的情形居然与十多年前所见的毫无二致，使柳生一阵感慨。看鱼儿扭动的妩媚，怎能不想起小姐在绣楼里的妩媚走动？想到数年前这里的荒凉，柳生更是感慨万分。树木青草，河流鱼儿均有劫后的兴旺，可小姐却只能躺在孤坟之中，再不能复生，再不能重享昔日的荣华富贵。

柳生在河旁站立良久，始才凄然离去。来到道上，那城已依稀可见，便加快一些步子走将过去。

柳生来到城门前，听得城中喧哗的人声，又窥得马来人往的热烈情形。看来这城也复原了繁华的光景。柳生步入城内，行走在街市上，依然是五步一楼，十步一阁。金粉楼台均已修饰一新，很是气派。全不见金粉剥落、楼台蛛网遍布的潦倒模样。街市两旁酒店茶亭涌出无数来，卖酒的青帘高挑，卖茶的炭火满炉。还有卖面的，卖水饺的，测字算命的。肥肥的羊肉重新挂在酒店的柜台上，茶亭的柜子上也放着糕点好几种。再看街市里行走之人，大多红光满面，精神气爽。几个珠光宝气的仕女都有相貌甚好的丫鬟跟随，游走在街市里。一些富家公子骑着高头大马也挤在人堆之中。柳生一路走去，两旁酒保小厮招徕声热气腾腾。如此情景，全是十多年前的布置。柳生恍恍惚惚，仿佛回入了昔日的情景，不曾有过这十多年来的曲折。

片刻，柳生来到那座庙宇前。再看那庙宇，金碧辉煌。庙门敞开，柳生望见里面的百年翠柏亭亭如盖，砖铺的地上一尘不染，柱子房梁油滑光亮，也与十多年前一模一样。荒年席卷过的破落已无从辨认，那杂草丛生、蛛网悬挂的光景，只在柳生记忆中依稀显示了一下。柳生解开包袱，故技重演，取出纸墨砚笔，写几张字，画几幅花卉，然后贴在墙上，卖于过往路人。一时间竟围上来不少人。虽说瞧的多，买的少，可也不过片刻工夫，那些字画也就全被买去，柳生得了几吊钱后心满意足，放入包袱，缓步离去。

不知不觉，柳生来到那曾是深宅大院，后又是断井颓垣处。走到近旁，柳生不觉大吃一惊。断井颓垣已无处可寻，一片空地也无踪迹。展现在眼前的是一座气派异常的深宅大院。柳生看得目瞪口呆，疑心此景不过是虚幻的展示。然而凝视良久，眼前的深宅大院并未消去，倒是越发实在起来。只见朱红大门紧闭，里面飞檐重叠，鸟来鸟往，树木虽不是参天，可也有些粗壮。再看门前两座石狮，均是凶狠的模样。柳生走将过去，伸手触摸了一下石狮，觉得冰凉而且坚硬。柳生才敢确定眼前的景物并不虚幻。

他沿着院墙之外的长道慢慢行走过去。行不多远，便见到偏门。偏门也是紧闭，却听得一些院内的嬉闹之声。柳生站立一会儿，又走动起来。

不久来到后门外，后门敞着，与十多年前一般敞着，只是不见家人走出。柳生从后门进得后花园。只见水阁凉亭，楼台小榭，假山石屏，甚是精致。中间两口池塘，均一半被荷叶所遮，两池相连处有一拱小桥。桥上是一凉亭，池旁也有一凉亭，两侧是两棵极大的枫树。

后花园的布置与十多年前稍有不同，然而枫树却正是十多年前所见的枫树。枫树几经灾难，却是容貌如故。再看凉亭，亭内置瓷墩四个，有石屏立于后。屏后是翠竹数百杆，翠竹后面是朱红的栏杆，栏杆后面花卉无数。有盛开的桃花、杏花、梨花，有不曾盛开的海棠、兰、菊花。

柳生止住脚步，抬头仰视，居然又见绣楼，再环顾左右，居然与他首次赴京时一模一样。绣楼窗户四敞，风从那边吹来，穿楼而过，来到柳生跟前。柳生嗅得一阵阵袭人的香气，不由飘飘然起来，沉浸到与小姐绣楼相会的美景中去。全然不觉这是往事，仿佛正在进行之中。

柳生觉得小姐的吟哦之声就将飘拂而来。这么想着，果然听得那奇妙的声音从窗口飘飘而出，又四散开去，然后如细雨一般纷纷扬扬降落下来。那声音点点滴滴如珠玑落盘，细细长长如水流潺潺。仔细分辨，才听出并非吟哦之声，而是瑶琴之音。然而这瑶琴之音竟与小姐的吟哦之声毫无二致。柳生凝神细听，不知不觉汇入进去。十多年间的曲折已经化为烟尘消去，柳生再度伫立绣楼之下，似乎是首次经历这良辰美景。虽然他依稀推断出接下去所要出现的情形，可这并未将他唤醒，他已将昔日与今的经历合二为一。

柳生思量着丫鬟该在窗口出现时，一个丫鬟模样的女子果然出现在窗口，她怒目圆睁，说道：

“快些离去。”

柳生不由微微一笑，眼前的情景正是意料之中。丫鬟嚷了一声后，也就离开了窗口。柳生知道片刻后，她将再次怒目圆睁地出现在窗口。

瑶琴之音并未断去，故而小姐的吟哦之声仍在继续。那声音时而悠扬，时而迟缓。小姐莫非正被相思所累？

丫鬟又来到窗口：

"还不离去？"

柳生仍是微微一笑，柳生的笑容使丫鬟不敢在窗前久立。丫鬟离去后，瑶琴之音戛然而止。然后柳生听得绣楼里走动的声响，重一点儿的声响该是丫鬟的，而轻一点儿的必是小姐在走动。

柳生觉得暮色开始沉重起来，也许片刻工夫黑夜就将覆盖下来，雨也将来到。雨一旦沙沙来到，楼上的窗户就会关闭，烛光将透过窗纸漏出几丝来，在一片风雨之中，那窗户会重新开启，小姐将和丫鬟双双出现在窗口。然后有一根绳子扭动而下，于是柳生攀绳而上，在绣楼里与小姐相会。小姐朝外屋走去时像一条白色的鱼儿一般妩媚。不久之后，小姐又来到柳生身旁，俩人执手相看，千言万语却化为一片无声无息。后来柳生又攀绳而下，离去绣楼，踏上大道。数月后柳生落榜归来，再来此处，却又是一片断井颓垣。

断井颓垣的突然出现，使柳生一阵惊慌。正是此刻，绣楼上一盆凉水朝柳生劈头盖脸而来，柳生才蓦然惊醒。环顾四周，阳光明媚，方知刚才的情景只是白日一梦。而那一盆凉水十分真实，柳生浑身滴水，再看绣楼窗口，并无人影，却听得里面窃窃私笑声。少顷，那丫鬟来到窗口，怒喝：

“再不离去，可要去唤人来了。”

刚才的美景化成一股白烟消去，柳生不禁惆怅起来。绣楼依旧，可小姐易人。他叹息一声转身离去。走到院外，再度环顾这深宅大院，才知此非昔日的深宅大院。行走间，柳生从包袱里取出当初小姐临别所赠的一绺黑发，仔细端详，小姐生前的许多好处便历历在目。柳生不觉泪流而下。

六

柳生出城以后，又行走了数日。这一日来到了安葬小姐的河边。

且看河边的景致，郁郁葱葱，中间有五彩的小花摇曳。河面上有无数柳丝碧绿的影子在波动。数年时光一晃就过，昔日的荒凉也转瞬即逝。

柳生伫立河边。水中映出一张苍老的脸来，白发也已清晰可见。繁荣的景象一旦败落，尚能复原，而少年青春已经一去不返。往昔曾闪烁过的良辰美景也将一去不返。如今再度回想，只是昙花一现。

柳生环顾四周，见有十数座坟冢，均在不久前盖上过新土，坟前纸灰尚在，留下清明祭扫的痕迹。然而哪座才是小姐的坟冢？柳生缓步走去，细心察看，却是无法辨认。可是走不多远，一座荒坟出现。那荒坟即将平去，只是微微有些隆起，才算没被杂草野花淹没。坟前没有纸灰。柳生一见此坟，胸中蓦然升起一股难言之情，这无人祭扫的荒坟，必是小姐安身之处。

一旦认出小姐的坟冢，小姐的音容笑貌也就逃脱遥远的记忆，来到柳生近旁，在河水里慢慢升起，十分逼真。待柳生再定睛观看，却看到一条白色的鱼儿，鱼儿向深处游去，随即消失。

柳生蹲下身去，一根一根拔去覆盖小姐坟冢的杂草和野花。此后又用手将道旁的一些新土撒在坟上。柳生一直干到暮色来临，始才住手。再看这坟，已经高高隆起。柳生又将河水点点滴滴地洒在坟上，每一滴水下去，坟上便会扬起轻轻的尘土。

看看天色已黑，柳生迟疑起来，是在此露宿，还是启程赶路。思忖良久，才打定主意在此宿下一宵，待明日天亮再走。想到此生只与小姐匆匆见了两面，如今再匆匆离去，柳生有些不忍。故而留下陪小姐一宵，也算尽了相爱的情分。

夜晚十分宁静，只听到风吹树叶的微微声响，那声响犹如雨沙沙而来。又听到河水潺潺流动，似瑶琴之音，又似吟哦之声。如此两种声音相交而来，使柳生重度昔日小姐绣楼下的美妙光阴。柳生坐在小姐坟旁，恍惚听得坟内有轻微的动静，那声响似乎是小姐在绣楼里走动一般。

柳生一夜未合眼，迷迷糊糊坠入与小姐重逢的种种虚设之中。直到东方欲晓，柳生始才回过魂来。虽是一夜的虚幻，可柳生十分留恋。这虚幻若能伴其一生，倒也是一桩十分美满的好事。

片刻，天已大亮。柳生觉得该上路了。他环顾四周，芳草青青，绿柳长垂。又看了看小姐的坟冢，旭日的光芒使其闪闪发亮。小姐安身在此，倒也过得去，只是有些孤寂。想罢，柳生踏上了黄色大道。

柳生行走在黄色大道上，全然不见四野里姹紫嫣红、莺歌燕舞的欢畅景致，只见大道在远处消失得很迷茫。柳生走不多远，不禁自问：此去将是何处？

若重操看守坟场的旧业，柳生实在不愿。守候的尽是些他人的坟冢，却冷落了父母和小姐。而另寻差使，也无意义。这么想着，柳生不觉止步不前。思量了良久，终于决定返回小姐身旁。想父母能相伴安眠，唯小姐孤苦伶仃，不如守候着小姐了却残生，总比为他人守坟强了许多。

柳生重新回到小姐坟旁。主意一定，柳生心中觉得十分踏实。于是他折了树枝，在道旁盖了一间小屋。见不远处有些人家，柳生又过去买了一口锅来，打算煮些茶水卖与过往路人，也好维持生计。

待一切均已安排停当，这一日的暮色开始降临。柳生也已十分疲乏，便喝了几口河水，又吃了一张薄饼。然后在水旁草丛里坐落，看着河水如何流动。

渐渐地，一轮寒月悬空而起。月光洒在河里，河水闪闪烁烁。就是河旁柳树和青草也出现一片闪烁。这情形使柳生不胜惊讶。月光之下竟然会有如此的奇景。

这时柳生突然闻得阵阵异香，异香似乎为风所带来，而且从柳生身后而来。柳生回首望去，惊愕不已。那道旁的小屋里竟有烛光在闪烁。柳生不由站立起来，朝小屋走去。行至门前，见里面有一女子，正席地而坐，在灯下读书。女子身旁是柳生的包袱，已被解开。书大概就是从里面取出的。

女子抬起头来。见柳生伫立门前，慌忙站起道：

“公子回来了？”

柳生定睛观瞧，不由目瞪口呆。屋中女子并非旁人，正是小姐惠。小姐亭亭玉立，一身白色的罗裙拖地。那罗裙的白色又非一般的白色，好似月光一般。小姐身着罗裙，倒不如说身穿月光。

见柳生目瞪口呆，小姐微微一笑，那笑如微波荡漾一般。小姐说：

“公子还不进来？”

柳生这才进得门去，可依然目瞪口呆。

小姐便说：

“小女来得突然，公子不要见怪。”

柳生再看小姐，见小姐云鬓高耸，面若桃花，眼含秋水，樱桃小口微微开启，柳生不觉心驰神往。可他仍满腹狐疑，不由问：

“你是人？是鬼？”

一听此话，小姐双眼泪光闪烁，她说：

“公子此言差矣。”

柳生细细端详小姐，确是实实在在伫立在眼前，丝毫不差。小姐左手还拿着一绺发丝，正是十多年前小姐临别所赠的信物。想必是刚才从包袱之中找出的。

见柳生凝视手中的发丝，小姐说：

“还以为你早把它丢弃，不料你一直珍藏。”

说罢，小姐泪如雨下。

这情形使柳生胸中波浪翻滚，不由走上前去，捏住小姐握着发丝的手。那手十分冰凉。两人执手相看，泪眼朦胧。

小姐长袖一挥，烛光立刻熄灭。小姐顺势倒入柳生怀中。柳生觉得她的躯体十分阴冷，那躯体颤抖不已。柳生听到小姐的抽泣声。声音断断续续，诉说柳生离去后终日伫立窗前眺望的往事。

柳生此刻如醉如痴，回到了十多年前的美好时光。接着两人跌倒在地。

后来柳生沉沉睡去。待他醒来，天已大亮。再看身旁，已无小姐踪影。然而干草铺成的地铺上，却留下小姐睡过凹下去的痕迹，那痕迹还在散发着阵阵异香。柳生拾起几根发丝，发丝轻柔地弯曲着。接着又拾起小姐昔日所赠的那一绺头发，将它们放在一起。几乎一样，只是小姐昨夜留下的那几根发丝隐约有些荧荧绿光。

柳生来到屋外，见河流在晨光里显得通红一条，两旁的树木青草也有着斑斑红点。柳生来到小姐坟冢旁，坟上的新土有些潮湿，夜露尚未完全散去。细细端详坟冢，全无一点儿破绽。柳生心里甚奇，回想昨夜情形，一丝一毫均十分真实，无半点虚幻。况且刚才初醒之时，也见小姐昨夜遗留的痕迹。柳生在坟旁坐下，伸手抓一把坟土，觉得十分暖和。小姐就安睡在此？柳生有些疑惑。莫非小姐早已弃坟而去，生还到世上来了。这么思量着，柳生疑心眼下只是一座空坟。

柳生在坟旁端坐良久，越想昨夜情形越发觉得眼前是空坟一座。终于忍耐不住，欲打开坟冢看个究竟。于是便用双手刨开泥土。泥土被层层刨去。接近了小姐。柳生见往昔遮盖小姐的树枝早已腐烂，在手中如烂泥一般。而为小姐遮挡赤裸之躯的布衫也化为泥土。柳生轻轻扒开它们，小姐赤裸地显露出来。小姐双目紧闭，容颜楚楚动人。小姐已长出新肉，故通身是淡淡的粉红。即便那条支离破碎的腿，也已完整无缺，而胸口的刀伤已无处可寻。小姐虽躺在坟冢之中，可头发十分整齐，恍若刚刚梳理过一般。那头发隐约有丝绿光。柳生嗅得阵阵异香。

眼前的情景使柳生心中响起清泉流淌的声响，他知道小姐不久将生还人世，因此当他再端详小姐时，仿佛她正安睡，仿佛不曾有过数年前沦落为菜人的往事。小姐不过是在安睡，不久就将醒来。柳生端详很久，才将土轻轻盖上。而后依然坐在坟旁，仿佛生怕小姐离坟远去，柳生一步也不敢离开。他在坟前回顾了与小姐首次绣楼相见的美妙情形，又虚设了与小姐重逢后的种种美景。柳生沉浸在一片虚无缥缈之中，不闻身旁有潺潺水声，不见道上有行走路人。世上一切都在烟消云散，唯小姐飘飘而来。

柳生那么坐着，全然不觉时光流逝。就是暮色重重盖将下来，他也一无所知。寒月升空，幽幽月光无声无息洒下来。四周出现一片悄然闪烁。夜风拂面而来，又潮又凉。柳生还是未能察觉天黑情景，只是一味在虚设之中与小姐执手相看。

恍惚间，柳生嗅得阵阵异香，异香使柳生蓦然惊醒。环顾四周，才知天已大黑。再看道旁的小屋，屋内有烛光闪烁，烛光在月夜里飘忽不定。柳生惊喜交加，赶紧站起往小屋奔去。然而进了小屋却并不见小姐挑灯夜读。正在疑惑，柳生闻得身后有声响，转回身来，见小姐伫立在门前。小姐依然是昨夜的模样，身穿月光，浑身闪烁不止。只是小姐的神色不同昨夜，那神色十分悲戚。

小姐见柳生转过身来，便道："小女本来生还，只因被公子发现，此事不成了。"

说罢，小姐垂泪而别。

一九八八年八月二十七日

偶然事件

1987年9月5日

老板坐在柜台内侧，年轻女侍的腰在他头的附近活动。峡谷咖啡馆的颜色如同悬崖的阴影，拒绝户外的阳光进入。《海边遐想》从女侍的腰际飘浮而去，在瘦小的“峡谷”里沉浸和升起。老板和香烟、咖啡、酒坐在一起，毫无表情地望着自己的“峡谷”。万宝路的烟雾弥漫在他脸的四周。一位女侍从身旁走过去，臀部被黑色的布料紧紧围困。走去时像是一只挂在树枝上的苹果，晃晃悠悠。女侍拥有两条有力摆动的长腿。上面的皮肤像一张纸一样整齐，手指可以感觉到肌肉的弹跳（如果手指伸过去）。

一只高脚杯由一只指甲血红的手安排到玻璃柜上，一只圆形的酒瓶开始倾斜，于是暗红色的液体浸入酒杯。是朗姆酒？然后酒杯放入方形的托盘，女侍美妙的身影从柜台里闪出，两条腿有力地摆动过来。香水的气息从身旁飘了过去。她走过去了。

酒杯放在桌面上的声响。

“你不来一杯吗？”他问。

咳嗽的声音。那个神色疲倦的男人总在那里咳嗽。

“不，”他说，“我不喝酒。”

女侍又从身旁走过，两条腿。托盘已经竖起来，挂在右侧腿旁，和腿一起摆动。那边两个男人已经坐了很久，一小时以前他们进来时似乎神色紧张。那个神色疲倦的只要了一杯咖啡；另一个，显然精心修理过自己的头发。这另一个已经要了三杯酒。

现在是《雨不停心不定》的时刻，女人的声音妖气十足。被遗弃的青菜叶子漂浮在河面上。女人的声音庸俗不堪。老板站起来，给自己倒了一杯酒，他朝身边的女侍望了一眼，目光毫无激情。女侍的目光正往这里飘扬，她的目光过来是为了挑逗什么。

一个身穿真丝白衬衫的男子推门而入。他带入些许户外的喧闹。他的裤料看上去像是上等好货，脚蹬一双黑色羊皮鞋。他进入“峡谷”时的姿态随意而且熟练。和老板说了一句话以后，和女侍说了两句以后，女侍的媚笑由此而生。然后他在斜对面的座位上坐下。

一直将秋波送往这里的女侍，此刻去斜对面荡漾了。另一女侍将一杯咖啡、一杯酒送到他近旁。

他说：“我希望你也能喝一杯。”

女侍并不逗留，而是扭身走向柜台，她的背影招展着某种欲念。她似乎和柜台内侧的女侍相视而笑。不久之后她转过身来，手举一杯酒，向那男人款款而去。那男人将身体挪向里侧，女侍紧挨着坐下。

柜台内的女侍此刻再度将目光瞟向这里。那目光赤裸裸，掩盖是多余的东西。老板打了个呵欠，然后转回身去按了一下录音机的按钮，女人喊声戛然而止。他换了一盒磁带。《吉米，来吧》。依然是女人在喊叫。

那个神色疲倦的男人此刻声音响亮地说：“你最好别再这样。”

头发漂亮的男人微微一笑，语气平静地说：“你这话应该对他

（她）说。”

女侍已经将酒饮毕，她问身穿衬衫的人：“希望我再喝一杯吗？”

真丝衬衫摇摇头：“不麻烦你了。”

女侍微微媚笑，走向了柜台。

身穿衬衫者笑着说：“你喝得太快了。”

女侍回首赠送一个媚眼，算是报酬。

柜台里的女侍没人请她喝酒，所以她瞟向这里的目光肆无忌惮。又一位顾客走入“峡谷”。他没有在柜台旁停留，而是走向真丝衬衫者对面的空座。那是一个精神不振的男人，他向轻盈走来的女侍要了一杯饮料。

柜台里的女侍开始向这里打媚眼了。她期待的东西一目了然。置身男人之中，女人依然会有寂寞难忍的时刻。《大约在冬季》。男人感伤时也会让人手足无措。女侍的目光开始撤离这里，她也许明白热情投向这里将会一无所获。她的目光开始去别处呼唤男人。她的脸色若无其事。现在她脸上的神色突然紧张起来。她的眼睛惊恐万分。眼球似乎要突围而出。

她的手捂住了嘴。

“峡谷”里出现了一声惨叫。那是男人生命将撕断时的叫声。柜台内的女侍发出了一声长啸，她的身体抖动不已。另一女侍手中的酒杯猝然掉地，她同样的长啸掩盖了玻璃杯破碎的响声。老板呆若木鸡。

头发漂亮的男人此刻倒在地上。他的一条腿还挂在椅子上。胸口插着一把尖刀，他的嘴空洞地张着，呼吸仍在继续。

那个神色疲倦的男人从椅子上站起来，他走向老板，“你这儿有电话吗？”

老板惊慌失措地摇摇头。

男人走出“峡谷”，他站在门外喊叫。

“喂，警察，过来。”

后来的那两个男人面面相觑。两位女侍不再喊叫，躲在一旁浑身颤抖。倒在地上的男人依然在呼吸，他胸口的鲜血正使衣服改变颜色。他正低声呻吟。

警察进来了，出去的男人紧随而入。警察也大吃一惊。

那个男人说：“我把他杀了。”

警察手足无措地望望他。又看了看老板。那个男人又回到刚才的座位上坐下。他显得疲惫不堪，抬起右手擦着脸上的汗珠。警察还是不知所措，站在那里东张西望。后来的那两个男人此刻站起来，准备离开。警察看着他们走到门口。

然后喊住他们：“你们别走。”

那两个人站住了脚，迟疑不决地望着警察。

警察说：“你们别走。”

那两个互相看看，随后走到刚才的座位上坐下。

这时警察才对老板说：“你快去报案。”

老板动作出奇敏捷地出了“峡谷”。

录音机发出一声“咔嚓”，磁带停止了转动。现在“峡谷”里所有的人都默不作声地看着那个垂死之人。那人的呻吟已经终止，呼吸趋向停止。

似乎过去了很久，老板领来了警察。此刻那人已经死去。

那个神色疲倦的人被叫到一个中年警察跟前，中年警察简单询问了几句，便把他带走。他走出“峡谷”时垂头丧气。

有一个警察用相机拍下了现场。另一个警察向那两个男人要去了证件，将他们的姓名、住址记在一张纸上，然后将证件还给他们。

警察说：“需要时会通知你们。”

现在，这个警察朝这里走来了。

1987 年 9 月 10 日

砚池公寓顶楼西端的房屋被下午的阳光照射着，屋内窗帘紧闭，黑绿的窗帘闪闪烁烁。她坐在沙发里，手提包搁在腹部，她的右腿架在左腿上，身子微微后仰。

他俯下身去，将手提包放到了茶几上，然后将她的右腿从左腿上取下来。

他说：“有些事只能干一次，有些则可以不断重复去干。”

她将双手在沙发扶手上摊开，眼睛望着他的额头。有成熟的皱纹在那里游动。纽扣已经全部解开，他的手伸入毛衣，正将里面的衬衣从裤子里拉出来。手像一张纸一样贴在了皮肤上。如同是一阵风吹来，纸微微掀动，贴着街道开始了慢慢地移动。然后他的手伸了出来。一条手臂伸到她的腿弯里，另一条从脖颈后绕了过去，插入她右侧的胳肢窝，手出现在胸前。她的身体脱离了沙发，往床的方向移过去。

他把她放到了床上，却并不让她躺下，一只手掌在背后制止了她身体的迅速后仰，外衣与身体脱离，飞向床架后就挂在了那里。接着是毛衣被剥离，也飞向床架。衬衣的纽扣正在发生变化，从上到下。他的双手将衬衣摊向两侧。乳罩是最后的障碍。

手先是十分平稳地在背后摸弄，接着发展到了两侧，手开始越来越急躁，对乳罩搭扣的寻找困难重重。

“在什么地方？”女子笑而不答。

他的双手拉住了乳罩。

“别撕。”她说，“在前面。”

搭扣在乳罩的前面。只有找到才能解开。

后来，女子从床上坐起来，十分急切地穿起了衣服。他躺在一旁看着，并不伸手给予帮助。她想“男人只负责脱下衣服，并不负责穿上”。她提着裤子下了床，走向窗户。穿完衣服以后开始整理头发。同时用手掀开窗帘的一角，往楼下看去。随后放下了窗帘，继续梳理头发。动作明显缓慢下来。

然后她转过身来，看着他，将茶几上的手提包背在肩上。她站了一会儿，又在沙发上坐下，把手提包搁在腹部。她看着他。

他问：“怎么，不走了？”

“我丈夫在楼下。”她说。

他从床上下来，走到窗旁，掀开一角窗帘往下望去。一辆电车在街道上驰过，一些行人稀散地布置在街道上。他看到一个男人站在人行道上，正往街对面张望。

陈河站在砚池公寓下的街道上，他和一棵树站在一起。此刻他正眯缝着眼睛望着街对面的音像商店。《雨不停心不定》从那里面喊叫出来。曾经在什么地方听到过，《雨不停心不定》。这曲子似乎和一把刀有关，这曲子确实能使刀闪闪发亮。峡谷咖啡馆。在街上走着走着，口渴得厉害，进入峡谷咖啡馆，要一杯饮料。然后一个人惨叫一声。只要惨叫一声，一个人就死了。人了结时十分简单。《雨不停心不定》在峡谷咖啡馆里，使一个人死去，他为什么要杀死他？

有一个女人从音像商店门口走过，她的头微微仰起，她的手甩动得很大，她有点像自己的妻子。有人侧过脸去看着她，是一个风骚的女人。她走到了一个邮筒旁，站住了脚。她拉开了提包，从里面拿出一封信，放入邮筒后继续前行。

他想起来此刻右侧的口袋里有一封信安睡着。这封信和峡谷咖啡馆有关。他为什么要杀死他？自己的妻子是在那个拐角处消失的，她和一个急匆匆的男人撞了一下，然后她就消失了。邮筒就在街对面，有一个小孩站在邮筒旁，小孩正在吃糖葫芦。小孩和它一般高。他从口袋里拿出了那封信，看了看信封上陌生的名字，然后他朝街对面的邮筒走去。

砚池公寓里的男人放下了窗帘，对她说：“他走了。”

1987 年 9 月 11 日

一群鸽子在对面的屋顶飞了起来，翅膀拍动的声音来到了江飘站立的窗口。是接近傍晚的时候了，对面的屋顶具有着老式的倾斜。落日的余晖在灰暗的瓦上飘拂，有瓦楞草迎风摇曳。鸽子就在那里起飞，点点白色飞向宁静之蓝。事实上，鸽子是在进行晚餐前的盘旋。它们从这个屋顶起飞，排成屋顶的倾斜进行弧形的飞翔。然后又在另一个屋顶上降落，现在是晚餐前的散步。它们在屋顶的边缘行走，神态自若。

下面的胡同有一些衣服飘扬着，几根电线在上面通过。胡同曲折伸去，最后的情景被房屋掩饰，大街在那里开始。是接近傍晚的时候了。依稀听到油倒入锅中的响声，炒菜的声响来自另一个位置。几个人站在胡同的中部大声说话，晚餐前的无所事事。

她沿着胡同往里走来，在这接近傍晚的时刻。她没有必要如此小心翼翼。她应该神态自若。像那些鸽子，它们此刻又起飞了。她走在大街上的姿态令人难忘，她应该以那样的姿态走来。那几个人不再说话，他们看着她。她走过去以后他们仍然看着她。她显然意识到了这一点，所以她才如此紧张。放心往前走吧，没人会注意你。那几个人继续说话了，现在她该放松一点儿了。可她仍然胆战心惊。一开始她们都这样，时间长了她们就会神态自若，像那些鸽子，它们已经降落在另一个屋顶上了，在边缘行走，快乐孕育在危险之中。也有一开始就神态自若的，但很少能碰上。她已在胡同里消失，她现在开始上楼了，但愿她别敲错屋门，否则她会更紧张。第一次干那种事该小心翼翼，不能有丝毫意外出现。

他离开窗口，向门走去。

她进屋以后神色紧张："有人看到我了。"

他将一把椅子搬到她身后，说："坐下吧。"

她坐了下去，继续说："有人看到我了。"

"他们不认识你。"他说。

她稍稍平静下来，开始打量起屋内的摆设，她突然低声叫道："窗帘。"

窗帘没有扯上，此刻窗外有鸽子在飞翔。他朝窗口走去。这是一个失误。对于这样的女人来说，一个小小的失误就会使前程艰难。他扯动了窗帘。

她低声说："轻一点儿。"

屋内的光线蓦然暗淡下去。趋向宁静。他向她走去，她坐在椅子里的身影显得模模糊糊。这样很好。他站在了她的身旁，伸出手去抚摸她的头发。女人的头发都是一样的。抚摸需要温柔地进行，这样可以使她彻底平静。

她抬起头来看着他，他的眼睛闪闪发亮，注意她的呼吸，呼吸开始迅速。现在可以开始了。用手去抚摸她的脸，另一只手也伸过去，手放在她的眼睛上，让眼睛闭上，要给予她一片黑暗。只有在黑暗中她才能体会一切。可以腾出一只手来了，手托住她的下巴，让她的嘴唇微微翘起，该他的嘴唇移过去了。要用动作来向她显示虔诚。嘴唇已经接触。她的身体动了一下。嘴唇与嘴唇先是轻轻地摩擦。她的手伸了过来，抓住了他的手臂。她现在已经脱离了平静，走向不安，不安是一切的开始。可以抱住她了，嘴唇此刻应该热情奔放。她的呼吸激动不已。她的丈夫是一个笨蛋，手伸入她衣服，里面的皮肤很温暖。她的丈夫是那种不知道女人是什么的男人，把乳罩往上推去，乳房掉了下来，美妙的沉重。否则她就不会来到这里。

有敲门声突然响起。她猛地一把推开了他。他向门口走去，将门打开一条缝。

“你的信。”

他接过信，将门关上，转回身向她走去。他若无其事地说：“是送信的。”

他将信扔在了写字台上。

她双手捂住脸，身体颤抖。

一切又得重新开始。他双手捧住她的脸，她的手从脸上滑了下去，放在了胸前。他吻她的嘴唇，她的嘴唇已经麻木。这是另一种不安。

她的脸扭向一旁，躲开他的嘴唇，她说：“我不行了。”

他站起来，走到床旁坐下，他问她：“想喝点儿什么吗？”

她摇摇头，说：“我担心丈夫会找来。”

“不可能。”

“会的，他会找来的。”她说。然后她站起来。“我要走了。”

她走后，他重新拉开了窗帘，站在窗口看起了那些飞翔的鸽子，看了一会才走到写字台前，拿起了那封信，有时候一张纸就能破坏一切。

陈河致江飘的信

我就是那个9月5日和你一起坐在峡谷咖啡馆的人，如果我没有记错的话，我俩面对面坐在一起。你好像穿了一件真丝衬衫，你的皮鞋擦得很亮。我们的邻座杀死了那个好像穿得很漂亮的男人。警察来了以后就要去了我们的证件，还给我们时把你的还给我把我的还给你。我是今天才发现的所以今天才寄来。我请你也将我的证件给我寄回来，证件里有我的地址和姓名。地址需要改动一下，不是106号而是107号，虽然106号也能收到但还是改成107号才准确。

我不知道你对峡谷咖啡馆的凶杀案有什么看法或者有什么想法。

可能你什么看法想法也没有而且早就忘了杀人的事。我是第一次看到一个人杀了另一个人所以念念不忘了。这几天我时时刻刻都在想着那桩事。那个被杀的倒在地上一只脚还挂在椅子上，那个杀人者走到屋外喊警察接着又走回来。我一闭上眼睛就能看到他们，和真的一模一样。究竟是什么原因促使一个男人下决心杀死另一个男人？我已经想了几天了，我想那两个男人必定与一个女人有关系。我不知道你是不是同意我的想法。

江飘致陈河的信

你的来信到时，破坏了我的一桩美事。尽管如此，我此刻给你写信时依然兴致勃勃。警察的疏忽，导致了我们之间的通信。事实上破坏我那桩美事的不是你，而是警察。警察在峡谷咖啡馆把我的证件给你时，已经注定了我今天下午的失败。你读到这段话时，也许会莫名其妙，也许会心领神会。

关于“峡谷”的凶杀案，正如你信上所说，“早就忘了杀人的事”。我没有理由让自己的心情变得糟糕。但是你的来信破坏了我多年来培养起来的优雅心情。你将一具血淋淋的尸首放在信封里寄给我。当然这不是你的错。是警察的疏忽造成的。然而你“时时刻刻都在想着那件事”，让我感到你是一个有些特殊的人。你的生活态度使我吃惊，你牢牢记住那些应该遗忘的事，干吗要这样？难道这样能使你快乐？迅速忘掉那些什么杀人之类的事，我一想到那些就不舒服。

证件随信寄上。

陈河致江飘的信

我的准确地址是107号不是106号，虽然也能收到但你下次来信时最好写成107号。我一遍一遍读了你的信，你的信写得真好。但是你为何只字不提你对那桩凶杀案的看法或者想法呢？那桩凶杀案就发生在你的眼皮底下你不会很快忘掉的。我时时刻刻都在想着这桩事，这桩事就像穿在身上的衣服一样总和我在一起。一个男人杀死另一个男人必定和一个女人有关系，对于这一点我已经坚信不疑并且开始揣想其中的原因。我感到杀人是有杀人理由的，我现在就是在努力寻找那种理由。我希望你能和我一起寻找。

1987年9月29日

一个男孩儿来到窗前时突然消失，这期间一辆洒水车十分隆重地驶了过来，街两旁的行人的腿开始了某种惊慌失措的舞动。有树叶偶尔飘落下来。男孩儿的头从窗前伸出来，他似乎看着那辆洒水车远去，然后小心翼翼地穿越马路，自行车的铃声在他四周迅速飞翔。

他转过脸来，对她说："我已有半年没到这儿来了。"

她的双手摊在桌面上，衣袖舒展着倒在附近。她望着他的眼睛，这是属于那种从容不迫的男人。微笑的眼角有皱纹向四处流去。

近旁有四男三女围坐在一起。

"喝点儿啤酒吗？"

"我不要。"

"你呢？"

"来一杯。"

"我喝雪碧。"

一个结领结的白衣男人将几盘凉菜放在桌上，然后在餐厅里曲折离去。

她看着白衣男人离去，同时问："这半年你在干什么？"

"学会了看手相。"他答。

她将右手微微举起，欣赏起手指的扭动。他伸手捏住她的手指，将她的手拖到眼前。

"你是一个讲究实际的女人。"他说。

"你第一次恋爱是十一岁的时候。"

她微微一笑。

"你时刻都存在着离婚的危险……但是你不会离婚。"

另一个白衣男人来到桌前，递上一本菜谱。他接过来以后递给了她。在这空隙里，他再次将目光送到窗外。有几个女孩子从这窗外飘然而过，她们的身体还没有成熟。她们还需要男人哺育。一辆黑色轿车在马路上驶过。他看到街对面梧桐树下站着一个男人，那个男人正看着他或者她。他看了那人一会儿，那人始终没有将目光移开。

白衣男人离去以后，他转回脸来，继续抓住她的手。

“你的感情异常丰富……你的事业和感情紧密相连。”

“生命呢？”她问。

他仔细看了一会儿，抬起脸说：“那就更加紧密了。”

近旁的四男三女在说些什么。

“他只会说话。”一个男人的声音。

几个女人咯咯地笑。

“那也不一定。”另一个妇人说，“他还会使用眼睛呢。”

男女混合的笑声在餐厅里轰然响起。

“他们都在看着我们呢。”一个女人轻轻说。

“没事。”男人的声音。

另一个男人压低嗓门：“喂，你们知道吗……”

震耳欲聋的笑声在厅里呼啸而起。他转过脸去，近旁的四男三女笑得前仰后合。什么事这么高兴。他想。然后转回脸去，此刻她正望着窗外。

“什么事？心不在焉的？”他说。

她转回了脸，说：“没什么。”

“菜怎么还没上来。”他嘟哝了一句，接着也将目光送到窗外，刚才那个男人仍然站在原处，仍然望着他或者她。

“那人是谁？”他指着窗外问她。

她眼睛移过去，看到陈河站在街对面的梧桐树下，他头顶上有几根电线通过，背后是一家商店。有一个人抱着一包物品从里面出来。站在门口犹豫着，是往左走去还是往右走去？陈河始终望着这里。

“是我丈夫。”她说。

陈河致江飘的信

我9月13日给你去了一封信如果不出意外你应该收到了，我天天在等着你的来信刚才邮递员来过了没有你的来信。你上次的信我始终放在桌子上我一遍一遍看。你的信，真是写得太好了你的思想非常了不起。你信上说是警察的疏忽导致我们通信实在是太对了。如果没有警察的疏忽我就只能一人去想那起凶杀案，我感到自己已经发现了一点儿什么了。我非常需要你的帮助你的思想太了不起了，我太想我们两个人一起探讨那起凶杀案，这肯定比我一个人想要正确得多，我天天都在盼着你的信我坚信你会来信的。期待你的信。

1987 年 10 月 8 日

位于城市西侧江飘的寓所窗帘紧闭。此刻是上午即将结束的时候，一个三十来岁的女子走入了公寓，沿着楼梯往上走去，不久之后她的手已经敲响了江飘的门。敲门声处于谨慎之中。屋内出现拖沓的脚步声，声音向门的方向而来。

江飘把她让进屋内后，给予她的是大梦初醒的神色。她的到来显然是江飘意料之外的，或者说江飘很久以前就不再期待她了。

“还在睡。”她说。

江飘把她让进屋内，继续躺在床上，侧身看着她在沙发里坐下来。她似乎开始知道穿什么衣服能让男人喜欢了。她的头发还是披在肩上，头发的颜色更加接近黄色了。

“你还没吃早饭吧？”她问。

江飘点点头。她穿着紧身裤，可她的腿并不长。她脚上的皮鞋一个月前在某家商店抢购的。她挤在一堆相貌平常的女人里，汗水正在毁灭她的精心化妆。她的细手里拿着钱，从女人们的头发上伸过去。

——我买一双。

她从沙发里站起来，说：“我去替你买早点。”

他没有丝毫反应，看着她转身向门走去。她比过去肥硕多了，而且学会了摇摆。她的臀部、腿还没有长进，这是一个遗憾。她打开了屋门，随即又关上，她消失了。这样的女人并非没有一点儿长处。她现在正下楼去，去为他买早点。

江飘从床上下来，走入厨房洗漱。不久之后她又来到。那时候江飘已经坐在桌前等待早点了。她继续坐在沙发里，看着他嘴的咀嚼。

“你没想到我会来吧。”

他加强了咀嚼的动作。

“事实上我早就想来了。”

他点点头，表示知道了。

“其实我是顺便走过这里。”她的语气有些沮丧，“所以就上来看看。”

江飘将食物咽下，然后说：“我知道。”

“你什么都知道。”她叹息一声。

江飘露出满意的一笑。

“你不会知道的。”她又说。

她在期待反驳。他想。继续咀嚼下去。

“实话告诉你吧，我不是顺路经过这里。”

她开场白总是没完没了。

她看了他一会儿，又说：“我确实是顺路经过这里。”

是否顺路经过这里并不重要。他站了起来，走向厨房。刚才已经洗过脸了，现在继续洗脸。待他走出厨房时，屋门再次被敲响。

一个二十四五岁的姑娘飘然而入，她发现屋内坐着一个女人时微微有些惊讶。随后若无其事地在对面沙发上坐下。她有些傲慢地看着她。

表现出吃惊的倒是她。她无法掩饰内心的不满，她看着江飘。

江飘给她们做介绍。

“这位是我的女朋友。”

“这位是我的女朋友。”

两位女子互相看了看，没有任何表示，江飘坐到了床上，心想她们谁先离去。

后来的那位显得落落大方，嘴角始终挂着一丝微笑，她顺手从茶几上拿过一本杂志翻了几页。然后问：“你后来去了没有？”

江飘回答：“去了。”

后来者年轻漂亮，她显然不把先来者放在眼里。她的问话向先来的暗示某种秘密。先来者脸色阴沉。

“昨天你写信了吗？”她又问。

江飘拍拍脑袋：“哎呀，忘了。”

她微微一笑，朝先来者望了一眼，又暗示了一个秘密。

“十一月份的计划不改变吧。”

“不会变。”江飘说。

出现一个未来的秘密。先来的她的脸色开始愤怒。

江飘这时转过脸去：“你后来去了青岛没有？”

先来者愤怒犹存：“没去。”

江飘点点头，然后转向后来的她。

“我前几天遇上戴平了。”

“在什么地方？”她问。

“街上。”

此刻先来者站起来，她说：“我走了。”

江飘站立起来，将她送到屋外。在走道上她怒气冲冲地问：“她来干什么？”

江飘笑而不答。

“她来干什么？”她继续问。

这是明知故问？江飘依然没有回答。

她在前面愤怒地走着。江飘望着她的脖颈——那里没有丝毫光泽。他想起很久以前有一次她也是这样离去。

来到楼梯口时，她转过身来脸色铁青地说：“我再也不来了。”

江飘笑着说：“你看着办吧。”

陈河致江飘的信

我越来越觉得你的信是让邮递员弄丢掉的，给我们这儿送信的邮递员已经换了两个，年龄越换越小。现在的邮递员是一个喜欢叫叫嚷嚷而不喜欢多走几步的年轻人。刚才他离去了。他一来到整个胡同就要紧张起来，他骑着自行车横冲直撞。我一直站在楼上看着他，他离去时手里还拿着好几封信。我问他有没有我的信，他头也不回根本不理睬我。你给我的信肯定是他丢掉的。所以我只能一个人冥思苦想怎么得不到你那了不起的思想的帮助。虽然我从一开始就感到那起凶杀案与一个女人有关，但我并不很轻易地真正这样认为。我是经过反复思索以后才越来越觉得一个女人参与了那起凶杀案。详细的情况我这里就不再罗列了那些东西太复杂写不清楚。我现在的工作是逐步发现其间的一些细微得很的纠缠。基本的线索我已经找到，那就是那个被杀的男人勾引了杀人者的妻子，杀人者一再警告被杀者，可是一点儿作用也没有，于是只能杀人了。我曾经小心翼翼地去问过我的两个邻居，如果他们的妻子被别人勾引他们怎么办，他们对我的问话表示了很不耐烦，但他们还是回答了我。对他们的回答使我吃惊。他们说如果那样的话他们就离婚，他们一定将我的问话告诉了他们的妻子，所以他们的妻子遇上我时让我感到她们仇恨满腔。我一直感到他们的回答太轻松，只是离婚而已。他们的妻子被别人勾引他们怎么会不愤怒这一点使人难以相信，也许他们还没到那时候，所以他们回答这个问题时很轻松。我不知道你遇到这种情况会怎么样，实在抱歉我不该问这样倒霉的问题，可我实在太想知道你的态度了，你是不会很随便对待我这个问题的，我知道你是一个很有思想的人，你的回答对我肯定有很大的帮助。

期待你的信。

江飘致陈河的信

你为我提供了一个掩饰自己的机会，即使我完全可以承认自己曾给你写过两封信，其中一封让邮递员弄丢了，但我并不想利用这样的机会，我倒不是为给邮递员平反昭雪，而是我重新读了你的所有来信，你的信使我感动。你是我遇上的最为认真的人。那起凶杀案我确实早已遗忘，但你的不断来信使我的遗忘死灰复燃。对那起凶杀案我现在也开始记忆犹新了。

你在信尾向我提出一个颇有意思的问题，即我的妻子一旦被别人勾引我将怎么办？我的回答也许和你的邻居一样会令你失望。我没有妻子，我曾努力设想自己有一位妻子。而且被别人勾引了，从而将自己推到怎么办的处境里去。但是这样做使我感到是有意为之。你是一个严肃的人，所以我不能随便寻找一个答案对付你。我的回答只能是，我没有妻子。

你的邻居的回答使你感到一种不负责任的轻松，他们的态度仅仅只是离婚，你就觉得他们怎么会不愤怒，这一点我很难同意。因为我觉得离婚也是一种愤怒。我理解你的意思。你显然认为只有杀死人是一种愤怒，而且是最为极端的愤怒。但同时你也应该看到还有一种较为温和的愤怒，即离婚。

另外还有一点，你认为一个男人杀死另一个男人，必定和一个女人有关。这似乎有些武断。男人有时因为口角就会杀人，况且还存在着多种可能，比如谋财害命之类的。或者他们俩共同参与某桩事，后因意见不合也会杀人。总之峡谷咖啡馆的凶杀案的背景是多种多样的，不能只用一种来下结论。

陈河致江飘的信

终于收到了你的来信你的信。还是寄到106号没寄到107号，但我还是收到了。我非常高兴终于有一个来和我讨论那起凶杀案的人了，你的见解非常有意思，你和我的邻居完全不一样，我没法和他们讨论什么但能和你讨论。

你信上说离婚也是一种愤怒，我想了很久以后还是不能同意。因为离婚是一种让人高兴的事总算能够扔掉什么了。这是一般说法上的离婚，特殊的情况也不是没有但那不是愤怒而是痛苦，离婚只有两种，即兴奋和痛苦两种，而没有什么愤怒的离婚，当然有时候会有一点儿气愤。

你信上罗列了一个男人杀死另一个男人时的多种背景的可能，我是同意的，你那两个词用得太好了就是背景与可能。这两个词我一看就能明白，你用词非常准确，一个男人确实会因为口角或者谋财和共同参与某桩事有了意见而去杀死另一个男人。峡谷咖啡馆的那起凶杀案却要比你想的严重得多，那起凶杀一定和一个女人有关，你应该记得杀人者杀死人以后并不是匆忙逃跑而是去叫警察，他肯定做好了同归于尽的准备。这种同归于尽的凶杀案不可能只是因为口角或者谋财，必定和一个女人有关。被杀者勾引了杀人者的妻子，杀人者屡次警告都没有用，杀人者绝望以后才决定同归于尽的。

你回答我最后一个问题时说你没有妻子，这个回答很好，我一点儿也没有失望。你的认真态度使我非常高兴。你没有妻子的回答让我知道了你为何不同意我的说法，即一个男人杀死另一个男人必定和一个女人有关，没有妻子的男人与有妻子的男人在讨论一起凶杀案时有点分歧很正常，不会影响我们继续讨论下去的，我这样想，我想你也会同意的。

期待你的信。

江飘致陈河的信

你用杀人者同归于尽的做法仍然难以说明，即说明那起凶杀案与一个女人有关。首先我准备提醒你的是同归于尽的做法是很常见的，并非一定与女人有关。我不知道你为何总是把凶杀案与女人扯在一起，反正我不喜欢这样。男人和女人交往是为了寻求共同的快乐，可不是为了凶杀案。我不喜欢你的推断是因为你把男女之间的美妙交往搞得过于鲜血淋淋了。

我没有妻子的回答，与我不同意你将凶杀案与女人扯在一起的推断毫无关系。你的话让我感到自己没有妻子就无法了解那起凶杀案的真相似的，虽然我没有妻子，但我可以告诉你我有女人。你我都是拥有女人的男人，这一点我们是一样的。但是你我之间存在一个最大的分歧，你认为同归于尽的凶杀必定与女人有关，我则恰恰相反。一个男人因为自己的妻子被别人勾引，从而去与勾引者同归于尽。这种说法太简单了，像是小说。你应该认识这种勾引是需要一个过程的，不管这个过程是长是短，作为丈夫的有足够的时间来设计谋杀，从而将自己的杀人行为掩盖起来。他完全没有必要选择同归于尽的方法，这实在是愚蠢。事实上男人因为女人去杀人本身就愚蠢。

其实你我两个人永远也无法了解那起凶杀案的真相，我们只能猜测，如果想使我们猜测更加符合事实真相，最好的办法是设计出多种杀人的可能性，而不只是情杀一种。这倒是一件挺有意思的事。也是消磨时光的另一种好办法。我乐意与你分析讨论下去。

陈河致江飘的信

我非常高兴你的信总算寄到了107号而不是106号，我收到时非常高兴。你非常坦率你愿意和我分析与讨论下去的话使我激动不已，虽然我们之间有分歧，其实只有分歧才能讨论下去，如果意见一致就没有必要讨论了。

你说你有女人但没有妻子使我吃了一惊我想你是有未婚妻吧，你什么时候结婚？结婚时别忘了告诉我。我要来祝贺，我现在非常想见到你。

你的信我反复阅读，读得如饥似渴。我承认你的话有道理有些地方很对，我反复想了很久还是觉得那起凶杀案与女人有关。我实在想不出更有说服力的凶杀案了。请你原谅你信上的很多话都过于轻率了，你认为那个男人有足够时间来设计谋杀“从而将自己的杀人行为掩盖起来”，这不是没有道理，但是你疏忽了重要的一条，那就是同归于尽的凶杀案的原因是因为杀人者彻底绝望。杀人者并非全都是歹徒都是杀人成性的，也有被逼上绝路的杀人者。峡谷咖啡馆的杀人者何尝不想保护自己，但是他彻底绝望了，他觉得活在世上已经没有什么意思了。在他妻子被别人勾引时他是非常痛苦的，他曾想利用一种和平的方法来解决问题，他肯定时常一个人在城市里到处乱走，他的妻子不在家里，正与一个男人幽会，而他则在街上孤零零走着，心里想着和妻子初恋时的情景。他肯定希望过去的美好生活重新开始，只要他的妻子能够回心转意或者那个勾引者良心发现。但是他努力的结果却并不是这样，他的妻子已经不可能回心转意而那个勾引者则拒绝停止勾引，妻子已经不可能再回到家中与他团聚生活了，希望已经破灭，这样就将他推到了绝望的处境里去了。他的愤怒就这样产生，他不愿意离婚，因为离婚以后他也不可能幸福。

他今后的生活注定要悲惨所以他就决定与勾引者同归于尽反正他也不想活了。

江飘致陈河的信

你有关那起凶杀案的分析初看起来无懈可击，事实上只是你一厢情愿的猜测，我发现你对别人的分析缺乏必要的客观，你似乎喜欢将你对自己的了解套到别人身上去。比如当你知道我有女人时你就断定这个女人是我的未婚妻。你关于未婚妻的说法只是猜测而已，就像你对那起凶杀案的猜测一样，而事实则是我有女人，至于这个女人是否会成为我的妻子连我也不知道，你为什么不想想这个女人没准是别人的妻子呢？不要把自己的精力只花在一种可能性上，这样只能使你离事实的真相越来越远。

事实上你对那起凶杀案的分析并非无懈可击，我可以十分轻松地做出另一种分析。即使我同意峡谷咖啡馆的凶杀是情杀，也仍然可以推倒你的结论。首先一点，那个杀人者的妻子真的与人私通的话，那么你是否可以断定她只和一个男人私通呢？与许多男人私通的女人我见得多了，在城市的大街上到处都有。这种女人的丈夫最多只能猜测到这一点，而无法得到与妻子私通的全部名单。如果这样的丈夫一旦如你所说“愤怒”起来的话，那么他第一个选择要杀的只有他的妻子，而不会是别人，退一步说，即使他的妻子只和一个男人私通，究竟是谁杀害谁是无法说清的，所以他要杀或者应该杀的还是他的妻子。我这样说并不是鼓励那些丈夫都去杀害他们有私通嫌疑的妻子，我不希望把那些可爱的女人搞得胆战心惊，从而使我们男人的生活变得枯燥乏味。

陈河致江飘的信

你每封信都写得那么漂亮那么深刻，我渐渐能够了解到一点你的为人了，我感到你确实是与我不一样的人，太不一样了。你是那种生活得非常好的人，你什么也不在乎。

你虽然做出了让步，同意峡谷咖啡馆的凶杀案是情杀，这使我很高兴，你最后的结论还是否定了是情杀，你的结论是杀人者的妻子与人私通，我不喜欢私通这个词。杀人者的妻子被人勾引，杀人者应该杀他妻子，可是峡谷咖啡馆的凶杀案却是一个男人死去不是女人死去。所以你也就否定了我的推断，我觉得自己应该和你辩论下去。

你是否考虑到凶手非常爱自己的妻子，如果他不爱自己的妻子，他就不会愤怒地去杀人，他完全可以离婚。可是他太爱自己的妻子，这种爱使他最终绝望，所以他选择的方式是同归于尽，因为那种爱使他无法杀害自己的妻子，他怎么也下不了手。但他的愤怒又无法让他平静因此他杀死了勾引者这是理所当然的，我上封信已经说过促使他杀人的就是因为绝望和愤怒而导致的，这种绝望和愤怒的就是他对自己妻子的爱。这种爱是你不会知道的，请你原谅我这么说。

1987年11月3日

那个头发微黄的男孩儿站在一根水泥电线杆下面，朝马路两端张望。她在远处看到了这个情景。他在电话里告诉她，他将在胡同口迎接她。此刻他站在那里显得迫不及待。现在他看到她了。

她走到了他的眼前，他的脸颊十分红润，在阳光里急躁不安地向她微笑。

近旁有一个身穿牛仔的年轻人正无聊地盯着她，年轻人坐在一家私人旅店的门口，和一张医治痔疮的广告挨得很近。

他转过身去走进胡同，她在那里停留了一会儿，看了看一个门牌，然后也走入了胡同。她看着他往前走去时双腿微微有些颤抖，她内心的微笑便由此而生。

他的身影钻入了一幢五层的楼房，她来到楼房口时再度停留了一下，她的身体转了过去，目光迅速伸展，胡同口有人影和车影闪闪发亮。接着她也钻入楼房。

在四层的右侧有一扇房门虚掩着，她推门而入。她一进入屋内便被一双手紧紧抱住。手在她全身各个部位来回捏动。她想起那个眼睛通红的推拿科医生，和那家门前有雕塑的医院。她感到房间里十分明亮。因此她的眼睛去寻找窗户。

她一把推开他："怎么没有窗帘？"

他的房间里没有窗帘，他扭过头看看光亮汹涌而入的窗户，接着转过头来说："没人会看到。"

他继续去抱她。

她将身体闪开。她说："不行。"

他没有理会，依然扑上去抱住了她。

她身体往下使劲儿一沉，挣脱了他的双手。"我说不行就是不行。"她十分严肃地告诉他。

他急躁不安地说："那怎么办？"

她在一把椅子里坐下来，说："我们聊天吧。"

他继续说："那怎么办？"他对聊天显然没兴趣。他看看窗户，又看看她，"没人会看到我们的。"

她摇摇头，依然说："不行。"

"可是……"他看着窗户："如果把它遮住呢？"他问她。

她微微一笑，还是说："我们聊天吧。"

他摇摇头："不，我要把它遮住。"他站在那里四处张望。他发现床单可以利用，于是他立刻将枕头和被子扔到了沙发里，将床单掀出。

她看着他拖着床单走向窗口，那样子滑稽可笑。他又拖着床单离开窗口。将一把椅子搬了过去。他从椅子爬到窗台上，打开上面的窗户，将床单放上去，紧接着又关上窗户，夹住了床单。

现在房间变得暗淡了，他从窗台上跳下来。“现在行了吧？”他说着要去搂抱她。

她伸出双手抵挡。她说：“去洗手。”

他的激情再次受到挫折，但他迅速走入厨房。只是瞬间工夫。他又出现在她眼前。这一次她让他抱住了。但她看着花里胡哨的被褥仍然有些犹豫不决。

她说：“我不习惯在被褥上。”

“去你的。”他说，他把她从椅子里抱了出来。

1987 年 11 月 5 日

江飘坐在公园的椅子上，他的前面是一块草地和几棵树木，阳光将他和草地树木连成一片。

“这天要下雪了。”他说。

和他坐在一起的是一位年轻女人，秋天的风将她的头发吹到了江飘的脸上。飞雪来临的时刻尚未成熟。江飘的虚张声势使她愉快地笑起来。

“你是一个奇怪的人。”她说。

江飘转过脸去说：“你的头发使我感到脸上长满青草。”

她微微一笑，将身体稍稍挪开了一些地方。

“别这样。”他说，“没有青草太荒凉了。”他的身体挪了过去。

“有些事情真是出乎意料。”她说，“我怎么会和一个陌生的男人坐在一起？”她装出一副吃惊的模样。

“事实上我早就认识你了。”江飘说。

“我怎么不知道？”她依然故作惊奇。

“而且我都觉得和你生活了很多年。”

“你真会开玩笑。”她说。

“我对你了如指掌。”

她不再说什么，看着远处一条小道上的行人然后叹息了一声：“我怎么会和你坐在一起呢？”

“你没有和我坐在一起，是我和你坐在一起。”

“这种时候别开玩笑。”

“我是在陈述一个事实。”

“我一般不太和你们男人说话。”她转过脸去看着他。

“看得出来。”他说，“你是那种文静内向的女子。”他心想，你们女人都喜欢争辩。

她显得很安静。她说：“这阳光真好。”

他看着她的手，手沉浸在阳光的明亮之中。

“阳光在你手上爬动。”他伸过手去，将食指从她手心里移动过去，“是这样爬动的。”

她没有任何反应，他的手指移出了她的手掌，掉落在她的大腿上。他将手掌铺在她腿上，摸过去。“在这里，阳光是一大片地爬过去。”

她依然没有反应，他缩回了手，将手放到她背脊上，继续抚摸，“阳光在这里是来回移动。”

他看到她神色有些迷惘，轻声问：“你在想什么？”

她扭过头来说：“我在感觉阳光的爬动。”

他控制住油然而生的微笑，伸出去另一只手，将手贴在了她的脸上，手开始轻微地捏起来，“阳光有时会很强烈。”

她纹丝未动。他将手摸到了她的嘴唇，开始轻轻掀动她的嘴唇。

“这是阳光吗？”她问。

“不是。”他将自己的嘴凑过去，“已经不是了。”她的头摆动几下后就接纳了他的嘴唇。

后来，他对她说：“去我家坐坐吧。”

她没有立刻回答。

他继续说：“我有一个很好的家，很安静，除了光亮从窗户里进来——”他捏住了她的手，“不会有别的什么来打扰……”他捏住了她另一只手，“如果拉上窗帘，那就什么也没有了。”

“有音乐吗？”她问。

“当然有。”

他们站了起来，她说：“我非常喜欢音乐。”

他们走向公园的出口。

“你丈夫喜欢音乐吗？”

“我没有丈夫。”她说。

“离婚了？”

“不，我还没结婚。”

他点点头，继续往前走去。走到公园门口的大街上时，他站住了脚。

他问：“你住在什么地方？”

“西区。”她答。

“那你应该坐57路电车，”他用手往右前方指过去，“到那个邮筒旁去坐车。”

“我知道。”她说，她有些迷惑地望着他。

“那就再见了。”他向她挥挥手，径自走去。

陈河致江飘的信

我一直在期待着你的来信。我怀疑你将信寄到106号去了。106号住着一个孤僻的老头儿他一定收到你的信了。他这几天见到我时总鬼鬼祟祟的。今天我终于去问他他那儿有没有我的信？他一听这话就立刻转身进屋再也没有出来，他装着没有听到我的话我非常气愤，可一点儿办法也没有。今天我一天都守候在窗前看他是不是偷偷出来将信扔掉。那老头儿出来几次，有两次还朝我的窗口看上一眼，但我没看到他手里拿着信，也许他早就扔掉了。

现在峡谷咖啡馆的凶杀案对我来说已经非常明朗我曾经试图去想出另外几种杀人可能，然而都没有情杀来得有说服力。另外几种杀人有可能都不至于使杀人者甘愿同归于尽，只有情杀才会那样，别的都不太可能。

我前几次给你去的信好像已经提到杀人者早就知道被杀者勾引了他的妻子，是的，他早就知道了。所以他早就暗暗盯上了被杀者，在大街上在电车里在商店在剧院他始终盯着他，有好几次他亲眼看到妻子与他约会的场景。妻子站在大街上一棵树旁等着一辆电车来到，也就是等着被杀者来到，他亲眼看着被杀者走下电车走向他妻子。被杀者伸手搂住他的妻子两个人一起往前走去。这情景和他与妻子初恋时的情景一模一样他非常痛苦，要命的是这种情景他常常会碰上因此他必定异常愤怒。愤怒使他产生了杀人的欲望他便准备了一把刀。所以当他后来再在暗中盯住勾引他妻子的人时怀里已经有了把刀。

勾引者常常去峡谷咖啡馆这一点他早就知道了。当这一天勾引者走入峡谷咖啡馆时他也尾随而入。他在勾引者对面坐下来，他是第一次和勾引者挨得这么近脸对着脸。他看到勾引者的头发梳理得很漂亮脸上搽着一种很香的东西，他从心里讨厌憎恶这样的男人。他和勾引者说的第一句话是他是谁的丈夫，勾引者听到这句话时显然吃了一惊，因为勾引者事先一点准备也没有。因此他肯定要吃惊一下。但是勾引者是那种非常老练的男人，他并没有惊慌失措他很可能回过头去看看以此来让人感到他以为杀人者是在和别人说话。当他转回头后已经不再吃惊而是很平静地看了杀人者一眼，继续喝自己的咖啡。杀人者又说了一遍他是谁的丈夫？勾引者抬起头来问他你是在和我说话吗勾引者装出一副吃惊的样子这次吃惊和第一次吃惊已经完全不一样了。杀人者此刻显然已经很愤怒了他的手很可能去摸了摸怀里藏着的刀但他还是压住愤怒问他是否认识他的妻子，他说出了妻子的名字。勾引者装着很迷惑的样子摇摇头说他从未听到过这样的名字他显然想抵赖下去。杀人者说出了勾引者的姓名住址和工作单位他告诉勾引者他早就盯上他了继续抵赖下去毫无必要勾引者不再说话他似乎是在考虑对策。这个时候杀人者就要勾引者别再和他妻子来往他告诉了勾引者以前他的生活是多么幸福可自从勾引者的出现这一切全完了他甚至哀求勾引者将妻子还给他。勾引者听完他的话以后告诉他他说的有关他妻子的话使他莫名其妙他再次说他从未听说过他妻子的名字更不用说认识了勾引者已经决定抵赖到底了。杀人者听完勾引者的话绝望无比那时候他的愤怒已经无法压制所以他拿出了怀里的刀向勾引者刺去后来的情景我们都看到了。

江飘致陈河的信

来信收到，你的固执使任何人都无可奈何。我不明白你对情杀怎么会如此心醉神迷。尽管你也进行了另外可能性的思考，你的本质却使你从一开始就认定那是情杀，别的所有思考都不过是装腔作势，或者自欺欺人而已。

前面你的信你已经分析了杀人者的动机，这封信你连杀人过程也罗列了出来，我读完了你的信，如同读完了一篇小说。应该说我津津有味。可我怎么也说服不了自己：我读的不是小说，是一起凶杀案件档案。因为你的分析里有一个十分大的漏洞，这个漏洞不仅使我，也许会使别人都感到你的分析实在难以真实可信。

你对峡谷咖啡馆凶杀案的分析，虽然连一些细节都没有放过，却放过了一个最大的，那就是凶手选择的是同归于尽的方法。你仔细分析了凶手怎么会随身带刀——这一点很好。你把凶手和被杀者在峡谷咖啡馆见面安排成第一次，也就是说他们是首次见面并且交谈。这便是缺陷所在。在你的分析里凶手走进峡谷咖啡馆，在被杀者对面坐下来时显然并不想杀害对方，虽然他带着刀。那时候凶手显然想说服对方，他先是要求，后是哀求，希望对方别再和自己的妻子来往，而且还令人感动地说了一通自己和妻子的初恋。在你的分析里，凶手还期望过去的美好生活重新开始。然而由于被杀者缺乏必要的明智——顺便说了一句，如果是我的话，会立刻同意凶手的全部要求，并且会说到做到，因为这实在是甩掉一个女人的大好时机。可是被杀者显然有些愚蠢，所以他便被杀了。

我倒并不是说凶手那时还不具备杀人的理由，凶手已经被激怒了，所以他杀人是必然的。问题在于你分析中的杀人是即兴爆发的，凶手在走入咖啡馆时还不想杀人——你在分析里已经证实了这一点，所以他的杀人是由于一时爆发出来的愤怒造成的。然而峡谷咖啡馆的凶杀者却是十分冷静，他杀人之后一点儿也不惊慌，而去叫警察。可以说那时候我们都还没有反应过来。因此咖啡馆的凶杀案很可能是预先就设计好的，当凶手走入咖啡馆时就知道自己要杀人了。相反，假若是即兴地杀人，那么凶手就不会那么冷静，他应该是惊慌失措的，起码也得目瞪口呆一阵子，他一下子反应不过来自己干了些什么。而事实却是凶手十分冷静，惊慌失措和目瞪口呆的是我们。

峡谷咖啡馆的事实证明了凶杀案是事先准备好的，你的分析却否定了这一点。所以你的分析无法使人相信。

陈河致江飘的信

我仔仔细细读了好几遍你的信写得太好了你真是一个了不起的人你的目光太敏锐了。我完全同意你信中的分析那确实是一个非常大的漏洞大得吓了我一跳。我越来越感到没有你的援助我也许永远也没办法真正分析出咖啡馆的那起凶杀案。我怎么会把最关键的同归于尽疏忽了真是要命我要惩罚自己。

确实如此凶手在走进咖啡馆之前已经和被杀者见过面交谈过了而且不止一次。凶手盯住被杀者已经很长时间了他已经确认被杀者就是勾引他妻子破坏他幸福生活的人所以他不会不找他。他找了被杀者好几次该说的话都说了，可被杀者总是拼命抵赖什么也不承认即便抵赖他还可以容忍问题是被杀者在抵赖的同时继续勾引他的妻子这一切全让他暗暗看在眼里。他后来开始明白一切都无法挽回了妻子不可能再像过去那样爱他了一切都完了。他曾经设计了好几种杀勾引者的方法都可以使自己逃掉不让别人发现但他最后都否定了因为他觉得自己即使逃掉也没有什么意思妻子不可能回心转意他对生活已经彻底绝望所以还不如同归于尽活着没意思还不如死。他选择了峡谷咖啡馆因为他发现勾引者常去那里他就决定在那里动手。他搞到了一把刀放在怀里继续盯着勾引者走入咖啡馆时他也走了进去在对面坐下。被杀者看到他时显然吃了一惊，但被杀者并未想到自己死期临近了凶手显然脸色非常难看但他依然没有放进心里去因为前几次凶手去找他时脸色同样非常难看所以他以为凶手又来恳求了他一点防备也没有他被凶手一刀刺中时可能还不知道发生了什么可能他到死都还没有明白过来究竟发生了什么。

江飘致陈河的信

你这次的分析开始合情合理了，但你还是疏忽了一点，事实上这个疏忽在你上封信里就有了，我当初没有发现，刚才读完你的信时才意识到。我记得峡谷咖啡馆的凶杀案是发生在9月初，我记得自己是穿着汗衫坐在那里的，不知道你是穿着什么衣服？那个时候人最多只能穿一件衬衣，所以你分析说凶手将刀放在怀里不太可信。将刀放在怀里，一般穿比较厚的衣服才可能，而汗衫和衬衣的话，刀不太好放，一旦放进去特别显眼。我想凶手是将刀放在手提包中的，如果凶手没有带手提包，那么他就是将刀放在裤袋里，有些裤袋是很大的，放一把刀绰绰有余。不知道你是否注意到当初凶手是穿什么裤子？或者是不是带了手提包？

陈河致江飘的信

我非常同意你信中所讲，你对那把刀的发现实在太重要了。确实刀应该放在裤袋里我记得凶手没有带手提包他被警察带走时我看了他一眼他两手空空。你两次来信纠正了我分析里的错误使我感到一切都完美起来了。凶手走入峡谷咖啡馆时将刀放在裤袋里而不是怀里这样一来那起凶杀案就不会再有什么漏洞了。我现在非常兴奋经过这么多天的仔细分析总算得出了一个使我满意的结局这是我盼望已久的。但不知为何我现在又有些泄气似乎该干的事都干完了接下去什么事也没有了我不知道以后是否还能遇上这样的凶杀案，我现在的心情开始有些压抑心情特别无聊觉得一切都在变得没意思起来。

江飘致陈河的信

来信收到，你的情绪突变我感到十分有意思。你对那起凶杀案太乐观了，所以要乐极生悲，你开始感到无聊了。事实上那起凶杀案的讨论永远无法结束。除非我们两个人中有一人死去。

虽然你现在的分析已经趋向完美，但并不是没有一点儿漏洞。首先你将那起凶杀案定为情杀还缺少必要依据，完全是由于你那种不讲道理的固执，你认为那一定是情杀。你只给了我一个结论，并没有给我证据。如果现在放弃情杀的结论，去寻找另一种杀人动机，那么你又将有事可干了，我现在还坚持以前的观点：男人和女人交往是为了寻求共同的快乐，不是为了找死。鉴于你对情杀有着古怪的如痴如醉，我尊重你所以也同意那是情杀。

就是将那起凶杀定为情杀，也不是已经无法讨论下去了。有一个前提你应该重视，那就是被杀者的妻子究竟只和一个男人私通呢，还是和很多男人同时私通。你认为只和一个男人私通，你的分析说明了这一点。但是你忘了重要的一点。一般女人只和一个男人私通的，都不愿与丈夫继续生活下去。她会从各方面感觉到私通者胜过自己丈夫，所以她必然要提出离婚。而与许多男人私通的女人，只是为了寻求刺激，她们一般不会离婚。你分析中的女人只和一个男人私通，我奇怪她为何不提出离婚。既然她不提出离婚，那么她很可能与别的很多男人也私通。如果和很多男人私通，那么她的丈夫就难找到私通者，他会隐隐约约感到私通者都是些什么人，但他很难确定。他的妻子肯定是变化多端，让他捉摸不透。在这种情况下，他要杀的只能是自己的妻子，而不会是别人。事实上，杀人是一种愚蠢的行为，他最好的报复行为是：他也去私通，并且尽量在数量上超过妻子。这样的话，对人对己都是十分有利的。

1987 年 11 月 23 日

露天餐厅里有一支轻音乐在游来游去，夜色已经降临，陈河与一位披发女子坐在一起，他们喝着同样的啤酒。

“我有一位朋友。”陈河说：“总是有不少女人去找他。”

女子将手臂支在餐桌上，手掌托住下巴似听非听地望着他。

“是不是有很多男人去找过你？”

“是这样。”女子变换了一个动作。将身体靠到椅背上去。

“你不讨厌他们吗？”

“有些讨厌，有些并不讨厌。”女子回答。

陈河沉吟了片刻，说：“像我这样的人大概不讨厌吧。”

女子笑而不答。

陈河继续说：“我那位朋友有很多女人，我不理解他为什么要这样。”

女子点点头："我也不理解。"

"男人和女人之间为何非要那样。"

"是的。"女子说，"我和你一样。"

"我希望有一种严肃的关系。"

"你想的和我一样。"女子表示赞同。

陈河不再往下说，他发现说的话与自己此刻的目标南辕北辙。

女子则继续说："我讨厌男女之间的关系过于随便。"

陈河感到话题有些不妙，他试图纠正过来。他说："不过男女之间的关系也不要太紧张。"

女子点头同意。

"我不反对男女之间的紧密交往，甚至发生一些什么。"陈河说完小心翼翼地望着她。

她拿起酒杯喝了一口，然后又放下。她没有任何表示。

后来，他们站了起来，离开露天餐厅，沿着一条树木茂盛的小道走去，他们走到一块草地旁站住了脚。陈河说："进去坐一会儿吧。"他们走向了草地。

他们在草地上坐下来，他们的身旁是树木，稀疏地环绕着他们。月光照射过来，十分宁静。有行人偶尔走过，脚步声清晰可辨。

"这夜色太好了。"陈河说。

女子无声地笑了笑，将双腿在草地上放平。

"草也不错。"陈河摸着草继续说。

他看到风将女子的头发吹拂起来，他伸手捏住她的一撮头发，小心翼翼地问：“可以吗？”

女子微笑一笑：“可以。”

他便将身体移过去一点儿，另一只手也去抚弄头发。他将头发放到自己的脸上，闻到一丝淡淡的香味。他抬起头看看她，她正沉思着望着别处。

“你在想什么？”他轻声问。

“我在感觉。”她说。

“说得太好了。”他说着继续将她的头发贴到脸上。他说：“真是太好了，这夜色太好了。”

她突然笑了起来，她说：“我还以为你在说头发太好了。”

他急忙说：“你的头发也非常好。”

“与夜色相比呢？”她问。

“比夜色还好。”他立刻回答。

现在他的手开始去抚摸她的全部头发了，偶尔还碰一下她的脸。他的手开始往下延伸去抚摸她的脖颈。

她又笑了起来，说：“现在下去了。”

他的手掌贴在了她的脖颈处，不停地抚摸。

她继续笑着，她说：“待会儿要来到脸上了。”

他的手摸到了她的脸上，从眼睛到了鼻子，又从鼻子到了嘴唇。他说：“真是太好了，这夜色实在是好。”

她再次突然笑了起来，她说："我又错了，我以为你在夸奖我的脸。"

他急忙说："你的脸色非常好。"

"算了吧。"她一把推开他。他的手掌继续伸过去，被她的手挡开，她问："你刚才在餐厅里说了些什么？"

他有些不知所措地望着她。

"你说的话和你的行为不一样。"

他想辩解，却又无话可说。

他站了起来，看着她离开草地，站到路旁去拦截出租车。她的手在挥动。

陈河致江飘的信

收到你的信已经有好几天了一直没有回信的原因是我一直在思考那起凶杀案我开始重新思考了。你认为杀人者的妻子同时与几个男人私通现在我也用私通这个词了我觉得不是不可能。其实你在前几封信中已经提到这个问题了当初我心里也不是完全排斥我只是觉得与一个人私通的可能性更大一点。现在我已经同意你的分析同意杀人者的妻子同时与几个男人私通。你的分析非常可信杀人者的妻子与几个男人私通的话他确实很难确定那些私通者。这么看来杀人者长期盯住的不应是私通者而应是他妻子由于他妻子和几个男人私通所以他有时会被搞湖涂因为他妻子一会儿去西区一会儿又去东区他妻子随时改变路线今天在这里过几天却在另一个地方。他长期以来迷惑不解很难确定私通者究竟是谁起初他还以为妻子是在迷惑他后来他才明白她同时与几个男人私通。你分析中说杀人者一旦发现这种事情以后应该杀死自己的妻子或者自己也去私通。但是峡谷咖啡馆的凶杀案却是杀死一个男人这个事实很值得思考也就是说你的分析需要重新开始。根据我的想法是杀人者一旦发现妻子同时与几个男子私通以后他曾经想杀死自己的妻子但他实在下不了手随便怎么说他们之间也有过一段幸福生活那一段生活始终阻止了他向她下手。你提供的另一种办法即他也去私通他也不是没有去试过可是人与人不一样他那方面实在不行。最后他只有一条路可走就是去杀死私通者可私通者有好几个他应该把他们全部杀死然而问题是那些私通者他一个也确定不下来他怎么杀人呢？而且又会在峡谷咖啡馆找到一个私通者从而把他杀死这个问题我想了很久怎么也想不出来。

江飘致陈河的信

你的信提出了一个很关键的问题，也就是那起凶杀案最后的问题。凶手怎么会在咖啡馆找到私通者，并且把他杀死。事实上要想解答这个问题也不是十分困难，我们可以通过各种途径去设想，肯定能够找到答案。

我觉得被杀者很可能常去峡谷咖啡馆，至于杀人者是否常去那就不重要了。我们可以设计杀人者偶尔去了一次咖啡馆，在被杀者对面坐了下来。被杀者是属于那种被女人宠坏了的男人，他爱在任何人面前谈论他的艳事。这种男人我常遇上，这种男人往往只搞过一两个女人，但他会吹嘘自己搞过几十个了。他不管听者是否认识都会滔滔不绝地告诉对方，他的话中有真有假，他在谈起自己艳事时，会把某一两个女人的特性吐露出来。比如身体某部位有什么标记。当杀人者在被杀者对面坐下来以后，就开始倾听他的吹嘘了。当他说到某个女人时，说到这个女人的一些习性时，杀人者便开始警惕起来，显然那些习性与他妻子十分相像。最后被杀者不小心吐露了那个女人身体某部位某个标记时，杀人者便知道他说的就是自己的妻子，同时他也知道私通者是谁。被杀者显然无法知道即将大祸临头，他越吹越忘乎所以，把他和她床上的事也抖搂出来。然后他挨了一刀。

我这样分析可能太巧合了，你也许会这样认为。但事实上巧合的事到处都有。巧合的事一旦成为事实，那么谁也不会大惊小怪，都会觉得很正常。

陈河致江飘的信

你的分析非常有道理我同意你对巧合的解释实在是巧合到处都有那是很正常的事。我不知道你为什么在整个分析里把刀给忘掉了那把刀非常重要不能没有。既然杀人者是偶然遇上被杀者然后确定他和自己的妻子私通是偶然遇上并不是早就盯住杀人者不太可能随身带着一把刀。也可以这样解释那时候杀人者裤袋里刚好放了一把刀但这样实在是太巧合了。你的分析我完全同意就是这把刀怎么会突然出来了这一点我还一时想不通。你在分析杀人者偶尔走进咖啡馆时让人感到他并没有带着刀可后来说出来就出来了是否有点太突然。

江飘致陈河的信

来信收到，你的问题来得很及时，要解决刀的问题事实上也很简单，只需做一些补充就行了。

杀人者显然早就知道妻子与许多男人私通，正如你分析的那样，他曾经想杀死妻子，但他怎么也下不了手；他也试图去和别的女人私通，可他在那方面实在不行。而妻子与人私通的事实又使他不堪忍受。按你的话说是：他终于绝望和愤怒了。所以他就准备了一把刀，一旦遇上私通者就把他杀死。结果他在峡谷咖啡馆遇上了。

陈河致江飘的信

你对刀的补充让我信服，也就是说他早就准备了一把刀，随时都会杀人。所以他走进咖啡馆时身上带着刀。我又发现了一个新的问题，就是他虽然走进咖啡馆时身上带着刀，但他当时并不知道自己要杀人，他杀人是突然发生的，所以他杀人之后不会非常冷静地去叫警察。同归于尽的杀人一般应该早就准备好了的，也就是说他早就知道被杀者与自己妻子私通，早就知道被杀者常去峡谷咖啡馆，我记得你也曾向我提出过这样的问题。另一方面，既然他知道自己的妻子同时与几个男人私通，他不可能只和一个男人同归于尽，他应该试图把所有的私通者都杀死，然后和最后一个私通者同归于尽。如果峡谷咖啡馆的被杀者是最后一个私通者的话，那么他应该早就有准备而不会是偶然遇上。其实这是不可能的，他不可能知道所有的私通者，他能确定一个就已经很不错了，很可能他一个也确定不了。他只能怀疑那么几个人，但很难确定。在这种情况下，他想杀人的话会杀错人。你前信中的分析里令人信服的地方就是让他确定了一个私通者，通过习性与标记来确定的，但没说清楚他为何要同归于尽。

江飘致陈河的信

你提的问题很有意思，正如你信上所说，他不可能知道所有与自己妻子私通的人，这很对。但由于愤怒他想杀人，在这种情况下，他只要杀死一个私通者也能平息愤怒了。所以他早就准备同归于尽，只要能够找到一个私通者他就会毫不犹豫地杀死他。对他来说最重要的是平息愤怒，而不是把所有的私通者都杀死，你杀得完吗？首先他能知道所有的私通者吗？退一步说，由于他长久的寻找，仍然没法确定私通者，一个也没法确定，他就会变得十分急躁，当他在咖啡馆里遇到被杀者时，即便被杀者并未与他妻子私通，他也知道这一点。可是被杀者吹嘘自己如何去勾引别人的妻子时，被杀者的得意扬扬使他的愤怒针对他而来了，在这种情况下，杀人者也会用同归于尽的方法杀死那人，虽然那人并未勾引他的妻子。因为对他来说，最重要的是如何解决自己已经无法忍受的愤怒，这是最为关键的。杀人在这个时候其实只是一种手段而已，在那个时候杀谁都一样。

陈河致江飘的信

我反复读你的信你的信，让我明白了很多东西，你实在是一个了不起的人，太了不起了。我现在非常想见你，我们通了那么多的信却一直没有见面，我太想见你了。你能否在 12 月 2 日下午去峡谷咖啡馆，在以前的位置上坐下来，我也会去，我们就在那地方见面。

江飘致陈河的信

我也十分乐意与你见面，你一定是一个很有趣的人，但 12 月 2 日下午我没空，我有一个约会。我们 12 月 3 日见面吧。就在峡谷咖啡馆。

1987 年 12 月 3 日

窗外的气候苍白无力，有树叶飘飘而落。

“这天要下雪了。”

一个身穿灯芯绒夹克的男子坐在斜对面。他说。他的对座精神不振，眼神恍惚地看着一位女侍的腰，那腰在摆动。

“该下雪了。”

老板坐在柜台内侧，与香烟、咖啡、酒坐在一起，他望着窗外的景色，他的眼神无聊地瞟了出去。两位女侍站在他的右侧，目光同时来到这里，挑逗什么呢？这里什么也没有。一位女侍将目光移开，献给斜对面的邻座，她似乎得到了回报，她微微一笑，然后转回身去换了一盒磁带，《你为何不追求我》在“峡谷”里卖弄风骚。

“你好像不太习惯这里的气氛？”

“还好，这是什么曲子？”

邻座的两人在交谈。另一位女侍此刻向这里露出了媚笑，她总是这样也总是一无所获。别再去看她了，去看窗外吧，又有一片树叶飘落下来，有一个人走过去。

“你的信写得真好。”

“很荣幸。”

“你的信让我明白了很多东西。”

“你是不是病了，脸色很糟。”

老板侧过身去，他伸手按了一下录音机的按钮，女人的声音立刻终止。他换了一盒磁带。《吉米，来吧》。

“你干吗这么看着我。”

“峡谷”里出现了一声惨叫，女侍惊慌地捂住了嘴。穿灯芯绒夹克的男人倒在地上，胸口插着一把刀。

那个精神不振的男人从椅子上站起来，他走向老板。

“这儿有电话吗？”

老板呆若木鸡。

男人走出“峡谷”，他在门外站着，过了一会儿他喊道：“警察，你过来。”

一九八九年十月三十日

一九八六年

多年前，一个循规蹈矩的中学历史教师突然失踪，扔下了年轻的妻子和三岁的女儿。从此他销声匿迹了。经过了动荡不安的几年，他的妻子内心也就风平浪静了。于是在一个枯燥的星期天里她改嫁他人。女儿也换了姓名。那是因为女儿原先的姓名与过去紧密相连。然后又过了十多年，如今她们离那段苦难越来越远了，她们平静地生活。那往事已经烟消云散无法唤回。

当时突然失踪的人不只是她丈夫一个。但是“文革”结束以后，一些失踪者的家属陆续得到了亲人的确切消息，尽管得到的都是死讯。唯有她一直没有得到。她只是听说丈夫在被抓去的那个夜晚突然失踪了，仅此而已。告诉她这些的是一个商店的售货员，这人是当初那一群闯进来的红卫兵中的一个。他说：“我们没有打他，只是把他带到学校办公室，让他写交代材料，也没有派人看守他，可第二天发现他没了。”她记得丈夫被带走的翌日清晨，那一群红卫兵又闯了进来，是来搜查她的丈夫。那售货员还补充道：“你丈夫平时对我们学生不错，所以我们没有折磨他。”

不久以前，当她和女儿一起将一些旧时的报刊送到废品收购站去，在收购站乱七八糟的废纸中，突然发现了一张已经发黄，上面布满斑斑霉点的纸，那纸上的字迹却清晰可见。纸上这样写着：

五刑：墨、劓、剕、宫、大辟。

先秦：炮烙、剖腹、斩、焚……

战国：抽肋、车裂、腰斩……

辽初：活埋、炮掷、悬崖……

金：击脑、棒杀、剥皮……

车裂：将人头和四肢分别拴在五辆车上，以五马驾车，同时分驰，撕裂躯体。

凌迟：执刑时零刀碎割。

剖腹：剖腹观心。

……

废品收购站里杂乱无章，一个戴老花眼镜的小老头儿站在磅秤旁。女儿已经长大，她不愿让母亲动手，自己将报刊放到秤座上去。然后掏出手帕擦起汗来，这时她感到母亲从身后慢慢走开，走向一堆废纸。而小老头儿的眼睛此刻几乎和秤杆凑在了一起。她觉得滑稽，便不觉微微一笑。随后她蓦然听到一声失声惊叫，当她转过身去时，母亲已经摔倒在地，而且已经人事不省了。

他们把他带到自己的办公室后，让他坐下，又勒令他老老实实写交代材料。然后都走了，没留下看管他的人。

办公室十分宽敞，两只日光灯此刻都亮着，明晃晃地格外刺眼。西北风在屋顶上呼啸着。他就那么坐了很久。就像这幢房屋在惨白的月光下，在西北风的呼啸里默默而坐一样。

他看到自己正在洗脚，妻子正坐在床沿上看着他们的女儿。他们的女儿已经睡去，一条胳膊伸到被窝外面。妻子没有发现。妻子正在发呆。她还是梳着两根辫子，而且辫梢处还是用红绸结了两个蝴蝶结。一如第一次见到她走来一样，那一次他俩擦肩而过。

现在他仿佛看到两只漂亮的红蝴蝶驮着两根乌黑发亮的辫子在眼前飞来飞去。

三个多月前，他就不让妻子外出了。妻子听了他的话，便没再出去过。他也很少外出。他外出时总在街上看到几个胸前挂着扫帚、马桶盖，剃着阴阳头的女人。他总害怕妻子美丽的辫子被毁掉，害怕那两只迷人的红蝴蝶被毁掉。所以他不让妻子外出。

他看到街上下起了大雪，那大雪只下在街上。他看到在街上走着的人都弯腰捡起了雪片，然后读了起来。他看到一个人躺在街旁邮筒前，已经死了。流出来的血是新鲜的，血还没有凝固。一张传单正从上面飘了下来，盖住了这人半张脸。那些戴着各种高帽子挂着各种牌牌游街的人，从这里走了过去。他们朝那死人看了一眼，他们没有惊讶之色，他们的目光平静如水。仿佛他们是在早晨起床后从镜子中看到自己一样无动于衷。在他们中间，他开始看到一些同事的脸了。他想也许就要轮到他了。

他看到自己正在洗脚。水在凉下去，但他一点儿也不觉察。他在想也许就要轮到他了。他发现自己好些日子以来都会无端地发出一声惊叫，那时他的妻子总是转过脸来麻木地看着他。

他看到他们进来了，他们进来以后屋内就响起了杂乱的声音。妻子依旧坐在床沿上，她正麻木地看着他。但女儿醒了，女儿的哭声让他觉得十分遥远。仿佛他正行走在街上，从一幢门窗紧闭的楼房里传出了女儿的哭声。这时他感到水已经完全凉了。然后那杂乱的声音走向单纯，一个人手里拿着一张纸走了过来。纸上写些什么他不知道。他们让他看，他看到了自己的笔迹，还看到了模糊的内容。随即他们把他提了起来，他就赤脚穿着拖鞋来到街上。街上的西北风贴着地面吹来，像是手巾擦脚一样擦干了他的脚。

他打了个寒战，看到桌上铺着一叠白纸。他朝白纸看了一会儿，然后去摸口袋里的钢笔，于是发现没带笔来。他就站起来到别的桌上去寻找，可所有的桌上都没有笔。他只得重新坐回去，坐回去时看到桌上有了两条手臂的印迹。他才知道自己已有三个多月没有来这里了。桌面上积了厚厚的一层灰尘。他想别的教师大概也有三个多月没来这里了。

他看到自己和很多人一起走进了师院的大门，同时有很多人从里面走出来。他看到自己手里正在翻着一本厚厚的书。那时他对刑罚特别热衷，那时他准备今后离开学校后专门去研究刑罚。他在师院图书馆里翻阅了很多资料，还做了笔记。但那时他恋爱了。那次恋爱没有成功。他的刑罚研究也因此有始无终。后来毕业了，他在整理东西时看到了那张纸。当时他是打算扔掉的，而后来怎样也就从此忘了。现在才知道当初没扔掉。

他看到自己正在洗脚，又看到自己正在师院内走着。同时看到自己正坐在这里。他看到对面墙上有一个很大的身影，那颗头颅看上去像篮球一样大。他就这样看着他自己。看久了，觉得那身影像是一个黑黑的洞口。

他感到响亮的西北风跑进屋里来叫唤了。并且贴在他衣角上叫唤，钻进头发里叫唤。叫唤声还拼命地擦起了他的脸颊。他开始哆嗦，开始冷了。他觉得那风越来越嘹亮。于是他转过脸去看门，门关得很严实。他再去看窗户，窗也关得很严实。他发现所有的玻璃都像刚刚擦过一样洁净无比，那些玻璃看上去像是没有一样。他觉得费解，桌上蒙了那么厚的灰尘，窗玻璃居然如此洁净。这时他看到了一块破了的玻璃，那破碎的模样十分凄惨。他不由站起来朝那块玻璃走去，那是一种凄惨向另一种凄惨走去。

走到窗前他大吃一惊，他才发现这破碎的竟是唯一幸存的玻璃。其他的窗格里都空空如也。他不禁伸出手去抚摸，他感到那上面非常粗糙和锐利。摸了一会儿他觉得有一股热乎乎的东西正在手指尖上微微溢出来。摸着的时候，他看到玻璃正一小块一小块地掉落下去，一声一声清脆的破裂声在他听来如同心碎。不一会儿，玻璃只剩下一个小小的三角了。

他蓦然看到一双皮鞋对着他微微荡来又微微荡去。他伸出的手立刻缩回，他听到自己的心脏正在咚咚跳得十分激烈。他站住一动不动，看着这双皮鞋幽幽地荡来荡去。接着他发现了两只裤管，裤管罩在皮鞋上面，正在微微地左右飘动着。他猛地推开窗户，于是看到了一具吊着的僵尸。与此同时他听到了一声惊叫，声音来自左前方。他看到黑暗中一棵模糊的树和树底下一个模糊的人影。人影脱离地面，紧张的喘息声从那里飘来，传到他耳中时已经奄奄一息。过了好久他仿佛听到那人影低声嘟哝了一句——“是你”，然后看到那两条胳膊举起来抓住了一个圆圈，接着似乎是脑袋钻了进去。片刻后他听到了一声轻微的凳子被踢倒在地声，而一声窒息般的低语马上接踵而至。他扶着窗沿慢慢地倒了下去。

很久以后，他渐渐听到了一种野兽般的吼声。那声音逐步接近，同时又在慢慢扩散，不一会儿声音如巨浪般涌来了。

他猛地从地上跳起来，凝神细听。他听到屋外一片鬼哭狼嚎，仿佛有一群野兽正在将他包围。这声音使他异常兴奋。于是他在屋内手舞足蹈地跳来跳去，嘴里发出的吼声使他欣喜若狂。他想冲出去与那吼声汇合，却又不知从何处冲出去。而此刻屋外吼声越来越响亮，这使他心急火燎却又不知所措。他只能在屋内跳着吼着。后来累了，便一屁股坐在了刚才那个座位上，呼哧呼哧地喘气了。

这时他看到了墙上的身影，于是他看到了一个使他得以冲出去的黑洞。他立刻站了起来，朝那黑洞冲去，可冲到跟前他猛然收住了脚。他发现那黑洞一下子变小了。他满腹狐疑地重又退到原处，犹豫了片刻他才慢慢地重新走过去。他看到黑洞也在慢慢小起来。走到跟前时他发现黑洞和他人一样大小了。他疑惑地看了很久，肯定了黑洞没再变小，黑洞仍容得下他的身体后，便一头撞了过去。他又摔倒在地。

一阵狂风此刻将门打开，门重重地打在墙上，发出吱吱的骨折般的声音。风从门口蜂拥而进，又立刻在屋内快速旋转了起来。他从地上昏昏沉沉爬起来，对着门口昏昏沉沉地站了一会儿。然后他看到了一个长方形的黑洞。他小心翼翼地朝黑洞走去，走到跟前时他又满腹狐疑了。因为这次黑洞没有变小。这次他没再一头撞去，而是十分小心地伸过去一个手指。他感到手指已经进入黑洞了，然后手臂也进去了。于是他侧着身体更加小心地往黑洞里挤了进去。随即他感到自己已经逃脱了，因为他感到自己进入了漆黑而且广阔无比的空间。

那吼声此刻更为热烈更为响亮，于是他也就更为热烈更为响亮地吼了起来，跳了起来。同时他朝声音跑去。尽管有各种各样大小不一的黑影阻挡了他的去路，但他都巧妙地绕过了它们。片刻后他就跑到了大街上。他收住脚步，辨别起声音传来的方向。他感到那声音似乎是从四面八方奔腾而来的。一时间他不知所措，他不知该往何处去。随后他看到东南方火光冲天，那火光看上去像是一堆晚霞。他就朝着火光跑了过去。越跑声音越响，然后他来到了那吼声四起的地方。

一座巨大的楼房正在熊熊燃烧。他看到燃烧的火中有无数的人扭在一起，同时无数人正在以各种姿态掉落下来。他在桥上吼着跳着，同时还哈哈狂笑。在一阵像下雨般掉下了一批批人后，他看到楼房没有了，只有一堆巨大的熊熊燃烧的火。这情景叫他异常激动。他在桥上拼命地吼，拼命地跳。随即他听到了轰隆一声巨响。他看到这堆火突然变矮了，也变得宽阔了。他发现火离自己越来越近了，火像水一样漫涌过来。这时他感到累了，他便在桥栏上坐了下来，不再喊叫，不再跳跃。但他依然兴致勃勃地看着这堆火。慢慢地这堆火开始分裂，分裂成一小堆一小堆了。他一直看着火势渐渐熄灭。

火势熄灭后，他才从栏杆上跳下来，开始往回走，走了几步重新走回来。站了一会儿他又往回走。他在桥上走来走去。

后来黎明来临了，早霞开始从漆黑的东方流出来。太阳还没有升起，但是一片红光已经燃烧着升腾而起了。于是他看到了一堆火在遥远的地方燃烧起来，于是他又吼叫了，并且吼叫着朝那里跑去。

从废品收购站回来后，她就变得恍恍惚惚起来。这天夜晚，她听到了一个奇妙的脚步声。那时没有月光，屋外一片漆黑而且寂静无声。就在这个时候，她听到一个脚步声从远处嚓嚓走来，那声音既像是擦地而来，又让人感到是腾空走来。而且那声音始终没有来到近旁，始终停留在远处。但她已经听出来了，是谁的脚步声。

此后的几个夜晚，她都听到了那种脚步声。那声音让她心惊肉跳，让她撕心裂肺地喊叫起来。

当初丈夫就是在这样一个漆黑的晚上被带走的。那一群红卫兵突然闯进门来的情景和丈夫穿着拖鞋嚓嚓离去时的声音，已经和那个黑夜永存了。十多年了，十多年来每个夜晚都是一样的漆黑。黑夜让她不胜恐惧。就这样，十多年来她精心埋葬掉的那个黑夜又重现了。

这一天，当她和女儿一起走在街上时，她突然看到了自己躺在阳光下漆黑的影子。那影子使她失声惊叫。那个黑夜居然以这样的形式出现了。

一

那人一瘸一拐地走进了这座小镇。那是初春时节。一星期前一场春雪浩荡而来，顷刻之间将整座小镇埋葬。然而接下来阳光灿烂了一个星期，于是春雪又在几日之内全面崩溃。如今除了一些阴暗处尚残留一些白色外，其他各处都开始生机勃勃了。几日来，整个小镇被一片滴答滴答的声音所充塞，那声音像是弹在温暖的阳光上一样美妙无比。这雪水融化的声音让人们心里轻松又愉快。而每一个接踵而至的夜晚又总是群星璀璨，让人在入睡前对翌日的灿烂景象深信不疑。

于是关闭了一个冬天的窗户都纷纷打开来了。那些窗口开始出现了少女的嘴唇，出现了一盆盆已在抽芽的花。风也不再从西北方吹来，不再那么寒冷刺骨。风开始从东南方吹来了，温暖又潮湿。吹在他们脸上滋润着他们的脸。他们从房屋里走了出来，又从臃肿的大衣里走了出来。他们来到了街上，来到了春天里，他们尽管还披着围巾，可此刻围巾不再为了御寒，开始成了装饰。他们感到衣内紧缩的皮肤正在慢慢松懈，而插在口袋里的双手也在微微渗汗了。于是就有人将双手伸出来，于是他们就感到阳光正在手上移动，感到春风正从手指间有趣地滑过。也是在这个时候，他们看到了河两岸那些暗淡的柳树突然变得嫩绿无比，而这些变化仅仅只是在一个星期里完成的。此刻街上自行车的铃声像阳光一样灿烂，而那一阵阵脚步声和说话声则如潮水一样生动。

那人就是在这个时候走进小镇的。他的头发像瀑布一样披落下来，发梢在腰际飘荡。他的胡须则披落在胸前，胡须遮去了他三分之二的脸。他的眼睛浮肿又混浊。他就这样一瘸一拐走进了小镇。那条裤子破旧不堪，膝盖以下只是飘荡着几根布条而已。上身赤裸，披着一块麻袋。那双赤裸的脚看上去如一张苍老的脸，那一道道长长的裂痕像是一条条深深的皱纹，裂痕里又嵌满了黑黑的污垢。脚很大，每一脚踩在地上的声音，都像是一巴掌拍在脸上。他也走进了春天，和他们走在一起。他们都看到了他，但他们谁也没有注意他，他们在看到他的同时也在把他忘掉。他们尽情地在春天里走着，在欢乐里走着。

女孩子往漂亮的提包里放进了化妆品，还放进了琼瑶小说。在宁静的夜晚来临后，她们坐到镜前打扮自己，打扮得漂漂亮亮后就捧起了琼瑶的小说。她们嗅着自己身上的芬芳去和书中的主人公相爱。

男孩子口袋里装着万宝路、装着良友，天还没黑便已来到了街上，深更半夜时他们还在街上。他们也喜欢琼瑶，他们在街上寻找琼瑶书中的女主人公。

没待在家中的女孩子，没在街上闲逛的男孩子，他们则拥入影剧院，拥入工会俱乐部，还拥入夜校。他们坐在夜校课桌边多半不是为了听课，是为了恋爱。因为他们的眼睛多半都没看着黑板。多半都在搜寻异性。

老头儿们那个时候还坐在茶馆里，他们坐了一天了，他们坐了十多年，几十年了。他们还要坐下去。他们早已过了走的年龄。他们如今坐着就跟当初走着一样心满意足。

老太太们则坐在家中，坐在彩电旁。她们多半看不懂在演些什么，她们只是知道屏幕上的人在出来进去。就是看着人出来进去，她们也已经心满意足。

往那些敞着的窗口看看吧，沿着这条街走，可以走进两边的胡同。将会看到什么，将会听到什么，而心里又将会想起什么。

十多年前那场浩劫如今已成了过眼烟云，那些留在墙上的标语被一次次粉刷给彻底掩盖了。他们走在街上时再也看不到过去，他们只看到现在。现在有很多人都在兴致勃勃地走着，现在有很多自行车在响着铃声，现在有很多汽车在掀起着很多灰尘。现在有一辆装着大喇叭的面包车在慢慢地驶着，喇叭里在宣传着计划生育，宣传着如何避孕。现在还有另一辆类似的面包车在慢慢地驶着，在宣传着车祸给人们生活带来的不幸。街道两旁还挂着牌牌，牌牌上的图画和照片吸引了他们。他们现在知道已经人满为患了，他们中间很多人都掌握了好几套避孕方法。他们现在也懂得了车祸的危害。他们知道尽管人满为患，可活着的人还是应该活得高高兴兴，千万不能让车祸给葬送了。他们看到中学生都牺牲了自己的星期天，站到桥边，站到转弯处来维持交通秩序了。

那人就是在这个时候出现的，他一瘸一拐地走进了小镇。

他看到前面有一个人躺着，就躺在脚前，那人的脚就连着自己的脚。他提起自己的脚去踢躺着的脚。不料那脚猛地缩了回去。当他把脚放下时，那脚又伸了过来，又和他的脚连在了一起。他不禁兴奋起来，于是悄悄地将脚再次提起来，他发现地上的脚同时在慢慢退缩，他感到对方警觉了，便将脚提着不动，看到对方的脚也提着不动后，他猛地一脚朝对方的腰部踩去。他听到一声沉重的响声，定睛一瞧，那躺着的人依旧完好无损，躺着的脚也依旧连着他的脚。这使他怒气冲冲了，于是他眼睛一闭，拼命地朝前奔跑了起来，两脚拼命地往地上踩。跑了一阵再睁眼一看，那家伙还躺在他前面，还是刚才的模样。这让他沮丧万分，他无可奈何地朝四周张望。此刻阳光照在他的背脊上，那披着的麻袋反射出粗糙的光亮。他看到右前方有一汪深绿的颜色，于是他思索起来，思索的结果是脸上露出滞呆的笑意。他悄悄地往那一汪深绿走去。他发现那躺着的人斜过去了一点儿，他就走得更警觉了。那斜过去的人没有逃跑，而是擦着地面往池塘滑去，走近了，他看到那人的脑袋掉进了池塘，接着身体和四肢也掉了进去。他站在塘沿上，看到那家伙浮在水面上没往下沉，便弯腰捡起一块大石头打了下去。他看到那人被打得粉身碎骨后，才心满意足地转过身去。一大片金色的阳光猛然刺来，让他头晕眼花。但他没闭上眼睛，相反却是抬起了头。于是他看到了一颗辉煌的头颅，正在喷射着鲜血。

他仰着头朝那颗高悬在云端的头颅走去，他看到头颅退缩着隐藏到了一块白云的背后，于是白云也闪闪发亮了。那是一块慢慢要燃烧起来的棉花。

他是在那个时候低下了头，于是他的视线中出现了一个巨大的障碍。他不能像刚才那样远眺一望无际的田野，因为他走进了一座小镇。

这巨大的障碍突然出现，让他感到是一座坟墓的突然出现。他依稀看到阳光洒在上面，又像水一样四溅开去。然而他定睛观瞧后，发现那是很多形状不一的小障碍聚集在一起。它们中间出现了无数有趣的裂隙，像是用锯子锯出来似的。阳光掉了进去，像是尘土撒了进去，无声无息。

此刻他放弃了对逃跑的太阳的追逐，而走上了一条苍白的路。因为两旁梧桐树枝紧密地交叉在一起，阳光被阻止在树叶上，所以水泥路显得苍白无力，像一根新鲜的白骨横躺在那里。猛然离开热烈的阳光而走在了这里，仿佛进入阴森的洞穴。他看到每隔不远就有两颗人头悬挂着，这些人头已经流尽了鲜血，也成了苍白。但他仔细瞧后，又觉得这些人头仿佛是路灯。他知道当四周黑暗起来后，它们会突然闪亮，那时候里面又充满流动的鲜血了。

有几个一样颜色的人在迎面走来，他们单调的姿态也完全一样。那时他听到了古怪的声音，然后看到有两个人走到了一起。他们就在他前面站住不动，于是他也站住不动。他听到刚才那种声音在四溅开来。随后他看到一个瘸子在前面走着，瘸子的走姿深深吸引了他。比起此刻所有走着的人来，瘸子走得十分生动。因此他扔开了前面这两个人，开始跟着瘸子走了。

不一会儿他感到四周一下子热烈起来，他看到四周一片金黄，刚才看到的那些灰暗的人体，此刻竟然闪闪发亮了。他不禁仰起头来，于是又看到了那辉煌的头颅。现在他认出刚才看到的障碍其实是楼房，因为他认出了那些敞着的窗和敞着的门。很多人在门口进进出出。出来的那些人有的走远了，有的经过他的身旁。他嗅到一股暖烘烘的气息，这气息仿佛是从屠场的窗口散发出来。他行走在这股气息中，呼吸很贪婪。

后来他走到了河边，因为阳光的照射，河水显得又青又黄。他看到的仿佛是一股脓液在流淌，有几条船在上面漂着，像尸体似的在上面漂着。同时他注意到了那些柳树，柳树恍若垂下来的头发。这些头发几经发酵，才这么粗这么长，他走上前去抓住一根柳枝与自己的头发比较起来。接着又扯下一根拉直了放在地上，再扯下一根自己的头发也拉直了放在地上。又十分认真地比较了一阵。结果使他沮丧不已。于是他就离开了它们，走到了大街上。

他看到有两根辫子正朝他飘来，他看到是两只红蝴蝶驮着辫子朝他飞来。他心里涌上了一股奇怪的东西，他不由朝辫子迎了上去。

那一家布店门庭若市，那是因为春天唤醒了人们对色彩的渴求。于是在散发着各种颜色的布店里，声音开始拥挤起来，那声音也五彩缤纷。她们多半是妙龄女子。她们渴望色彩就如渴望爱情。她们的母亲也置身于其中，母亲们看着这缤纷的色彩，就如看着自己的女儿，也如看着自己已经远去还在远去的青春。在这里，两代人能共享欢乐，无须平分。

她带着无比欢乐从里面走出来，左边是她的伙伴。她的两根辫子轻轻摆动。原先她不是梳着辫子，原先她的头发是披着的。她昨天才梳出了这两根辫子。那是她看到了一张母亲年轻时的照片，她发现梳着辫子的母亲格外漂亮。于是她也梳起了两根辫子，结果她大吃一惊。她又往辫子上结了两个红蝴蝶结，这更使她惊讶。现在她正喜悦无比地走了出来，她的喜悦一半来自布店，一半来自脑后微微晃动的辫子。她知道辫子晃动时，那两只红蝴蝶便会翩翩飞舞了。

可是迎面走来一个疯子，疯子的模样叫她吃惊，叫她害怕。她看到他正朝自己古怪地笑着，嘴角淌着口水。她不由惊叫一声拔腿就跑，她的伙伴也惊叫一声拔腿就逃。她们跑出了很远，跑到转了个弯才收住脚。然后两人面面相觑，接着咯咯大笑起来，笑得前仰后合。

她的伙伴说：“春天来了，疯子也来了。”

她点点头。然后两人分手了，分手的时候十分亲密地拉了拉手，接着就各自回家。

她的家就在前面，只要在这条洒满阳光洒落各种声音的街上再走二十步。那里有一家钟表店，里面的钟表闪闪发亮，一个老头儿永远以一种坐姿坐了几十年。朝那戴着老花眼镜的老头儿望一眼，就可以转弯了，转进一条胡同。胡同里也洒满阳光，也走上二十步，她就可以看到那幢楼房了，她就可以看到自己家中那敞开的玻璃如何闪闪烁烁了。不知为何她开始心情沉重起来，越往家走越沉重。

母亲独自坐在家中，脸色苍白。她知道母亲又在疑神疑鬼了。母亲近来屡屡这样，母亲已有三天没去上班了。

她问母亲："是不是昨天晚上又听到脚步声了？"

母亲无动于衷，很久后才抬起头来，那双眼睛十分惊恐。

"不，是现在。"母亲说。

她在母亲身后站了一会儿，她感到心烦意乱，于是她就走向窗口。在那里能望到大街，在大街上她能看到自己的欢乐。可是她却看到一个头发披在腰间，麻袋盖在背脊上，正一瘸一拐走着的背影。她不由哆嗦了一下，不由恶心起来。她立刻离开窗口。这时她听到楼梯在响了，那声音非常熟悉，十多年来纹丝未变。她知道是父亲回来了。她立刻变得兴奋起来，赶紧跑过去将门打开。那声音蓦然响了很多，那声音越来越近。她看到了父亲已经花白的头发。便欢快地叫了一声，然后迎了上去。父亲微笑着，用手轻轻在她头上拍了一下，和她一起走进家中。

她感到父亲的手很温暖，她心想自己只有这么一个父亲。她记得自己七岁那年，有一个大人朝她走来，送给了她一个皮球。母亲告诉她："这是你的父亲。"从此他和她们生活在一起了。他每天都让她感到亲切，感到温暖。可是不久前，母亲突然脸色苍白地对她说："我夜间常常听到你父亲走来的脚步声。"她惊愕不已，当知道母亲指的是另一个父亲时，不禁惶恐起来。这另一个父亲让他觉得非常陌生，又非常讨厌。她心里拒绝他的来到，因为他会挤走现在的父亲。

他感到父亲轻快的脚一迈入家中就立刻变得沉重起来，那时候母亲正抬起头来惊恐不安地望着他。她发现母亲的脸色越来越苍白了。

二

那时候黄昏已经来临，天色正在暗下来。一个戴着大口罩的清洁工人在扫拢着一堆垃圾。扫帚在水泥地上扫过去，发出了一种刷衣服似的声音，扬起的灰尘在昏暗中显得很沉重。此刻街上行人寥寥，而那些开始明亮起来的窗口则蒸腾出了热气，人声从那里缥缈而出。街旁商店里的灯光倾泻出来，像水一样流淌在街道上，站在柜里暂且无所事事的售货员那懒洋洋的影子，被拉长了扔在道旁。那个清洁工人此刻从口袋里掏出了火柴，划亮了那堆垃圾。

他看到一堆鲜血在熊熊燃烧，于是阴暗的四周一片明亮了。他走到燃烧的鲜血旁，感到噼噼啪啪四溅的鲜血有几滴溅到了他的脸上，跟火星一样灼烫。这时他感到自己手中正紧握着一根铁棒，他将手中的铁棒伸了过去，但又立刻缩回。他感到只一瞬间工夫铁棒就烧红了，握在手中手也在发烫。此刻那几个人正战战兢兢地走过来，于是他将铁棒在半空中拼命地挥舞了起来，他仿佛看到一阵阵闪烁的红光。那几个人仍在战战兢兢地走过来，他们没有逃跑是因为不敢逃跑。于是他停止了挥舞，而将铁棒刺向走来的他们。他仿佛听到一声漫长几乎是永无止境的“嗤——”的声音，同时他仿佛看到几股白烟正升腾而起。然后他将铁棒浸入黑黑的墨汁中，提出来后去涂那些已被刺过的疮口，通红通红的疮口立刻都变得黝黑无比。他们就这样战战兢兢地走了过去。这时疯子心满意足地大喊一声：“墨！”

那几个人走过去的时候，显然看到了这个疯子。看到疯子将手伸入火堆之中，又因为灼烫猛地缩回了手。然后又看到疯子的手臂如何在挥舞，挥舞之后又如何朝他们指指点点。他们还看到疯子弯下腰把手指浸入道旁一小滩积水中，伸出来后再次朝他们指指点点。最后他们听到了疯子那一声古怪的叫喊。

所有一切他们都看到都听到，但他们没有工夫没有闲心去注意疯子，他们就这样走了过去。

往往是这样，所有地方尚在寂静之中时，影剧院首先热烈起来了。它前面那块小小的空地已经被无数双脚分割，还有无数双脚正从远处走来，于是他们又去分割那条街道。那个时候电影还没有开映，口袋里装着电影票的人正抽着烟和没有电影票的人闲聊。而没有电影票的人都在手中举着一张钞票，朝那些新加入进来的人晃动。售票窗口已经挂出了“满”的招牌，可仍然有很多人挤在那里，他们假设那窗口会突然打开，几张残余的票会突然出现在里面。他们的脚下有一些纽扣散乱地躺着，纽扣反映出了刚才他们在这里拼抢的全部过程。这个时候一些人从口袋里拿出电影票进去了，他们进去时没有忘记向那些无票的打个招呼。于是那人堆开始出现空隙，而且越来越大。最后只剩下那些手里晃动着钞票的人，就是这时候他们仍然坚定地站在那里，尽管电影已经开演。

他感到自己手中挥舞着一把砍刀，砍刀正把他四周的空气削成碎块。他挥舞了一阵子后就向那些人的鼻子削去，于是他看到一个个鼻子从刀刃里飞了出来，飞向空中。而那些没有了鼻子的鼻孔仰起后喷射出一股股鲜血，在半空中飞舞的鼻子纷纷被击落下来。于是满街的鼻子乱哄哄地翻滚起来。“劓！”他有力地喊了一声，然后一瘸一拐走开了。

那时候，有一个人手里举着几张电影票出现了，于是所有的人都一拥而上。那人求饶似的拼命叫喊声离疯子越来越远。

咖啡厅里响着流行歌曲，歌曲从敞着的门口流到街上，随着歌曲从里面流出了几个年轻人。他们嘴里叼着万宝路，鼻子里哼着歌曲来到了街上。他们是天天要到这里来的，在这里喝一杯雀巢咖啡，然后再走到街上去。在街上他们一直要逛到深更半夜。他们在街上不是大声说话，就是大声唱歌。他们希望街上所有的人都注意他们。

他们走出咖啡厅时刚好看到了疯子，疯子正挥舞着手一声声喊叫着“剕”走来。这情景使他们哈哈大笑。于是他们便跟在了后面，也装着一瘸一拐，也挥舞着手，也乱喊乱叫了。街上行走的人有些站下来看着他们，他们的叫唤便更起劲儿了。然而不一会儿他们就已经精疲力竭，他们就不再喊叫，也不再跟着疯子。他们摸出香烟在路旁抽起来。

砍刀向那些走来的人的膝盖砍去了，砍刀就像是削黄瓜一样将他们的下肢砍去了一半。他看到街上所有人仿佛都矮了许多，都用两个膝盖在行走了。他感到膝盖行走时十分有力，敲得地面咚咚响。他看到满地被砍下的脚正在被那些膝盖踩烂，像是碾过一样。街道是在此刻开始繁荣起来的。这时候月光灿烂地飘洒在街道上，路灯的光线和商店里倾泻而出的光线交织在一起，组成了像梧桐树阴影一般的光块。很多双脚在上面摆动，于是那组合起来的光亮时时被打碎，又时时重新组合。街道上面飘着春夜潮湿的风和杂乱的人之声。这个时候那些房屋的窗口尽管仍然亮着灯光，可那里面已经冷清了，那里面只有一两个人独自或者相对而坐。更多的他们此刻已在这里漫步。他们从商店的门口进进出出，在街道上来来往往。

他看到所有走来的人仿佛都赤身裸体。于是刀向那些走来的男子的下身削去。那些走来的男子在前面都长着一根尾巴，刀砍向那些尾巴。那些尾巴像沙袋似的一个一个重重地掉在地上，发出沉闷的响声。破裂后从里面滚了奇妙的小球。不一会儿满街都是那些小球在滚来滚去，像是乒乓球一样。

她从商店里走出来时，看到街上的人像两股水一样在朝两个方向流去，那些脱离了人流而走进两旁商店的人，看去像是溅出来的水珠。这时候她看到了那个疯子，疯子正一瘸一拐地走在行人中间，双手挥舞着，嘴里沙哑地喊叫着“宫”。但是走在疯子身旁的人都仿佛没有看到他，他们都尽情地在街上走着。疯子沙哑的喊叫被他们杂乱的人声时而湮没。疯子从她身旁走了过去。

她开始慢慢往家走去。她故意走得很慢。这两天来她总是独自一人出来走走，家中的寂静使她难以忍受，即便是一根针掉在地上的声音，也会让她吓一跳。

尽管走得很慢，可她还是觉得很快来到了家门口。她在楼下站了一会儿，望了望天上的星光，那星光使此刻的天空璀璨无比。她又看起了别家明亮的窗户，轻微的说话声从那里隐约飘出。她在那里站了很久，然后才慢吞吞地沿着楼梯走了上去。

她刚推开家门时，就听到了母亲的一声惊叫：“把门关上。”她吓了一跳，赶紧关上门。母亲正头发蓬乱地坐在门旁。

她在母亲身旁站着，母亲惊恐地对她说：“我听到了他的叫声。”

她不知该对母亲说些什么，只是无声地站着。站了一会儿她才朝里屋走去。她看到父亲正坐在窗前发呆。她走上去轻轻叫了一声，父亲只是心不在焉地嗯了一声，继续发呆。而当她准备往自己屋里走去时，父亲却转过头来对她说：“你以后没事就不要出去了。”说完，父亲转回头去又发呆了。

她轻轻答应一声后便走进了自己的房间，在床上坐了下来。四周非常寂静，听不到一丝声响。她望着窗户，在明净的窗玻璃上有几丝光亮在闪烁，那光亮像是水珠一般。透过玻璃她又看到了遥远的月亮，此刻月亮是红色的。然后她听到了自己的眼泪掉在胸口上的声音。

三

铁匠铺里火星四溅，叮叮当当的声音也在四溅，那口炉子正在熊熊燃烧，两个赤膊的背脊上红光闪闪，汗水像蚯蚓似的爬动着，汗水也在闪闪发光。

疯子此时正站在门口，他的出现使他们吓了一跳，于是锤声戛然而止，夹着的铁块也失落在地。疯子抬腿走了进去，咧着嘴古怪地笑着，走到那块掉在地上的铁块旁蹲了下去。刚才还是通红的铁块已经迅速地黑了下来，几丝白烟在袅袅升起。疯子伸出手去抓铁块，一接触到铁块立刻响出一声嗤的声音，他猛地缩回了手，将手放进嘴里吮吸起来。然后再伸过去。这次他猛地抓起来往脸上贴去，于是一股白烟从脸上升腾出来，焦臭无比。

两个铁匠吓得大惊失色，疯子却是大喊一声："墨！"接着站起来心满意足地走了出去。他一瘸一拐地走出了胡同，然后在街旁站了一会儿，接着往右走了。这时候一辆卡车从他身旁驶过，扬起的灰尘几乎将他覆盖。他走到了街道中央，继续往前走。走了一阵他收住腿，席地而坐了。那时有几个人走到他身旁也站住，奇怪地望着他。另外还有几个人正十分好奇地走来。

母亲已经有一个来月没去上班了。这些日子以来，母亲整天都是呆呆地坐在外间，不言不语。因为她每次外出回来推开家门时，母亲都要惊恐地喊叫，父亲便要她没事别出去了。于是从那以后她就不再外出，就整日整日地待在自己房间里。父亲是要去上班的，父亲是早晨出去到晚上才回来，父亲中午不回家了。她独自而坐时，心里十分盼望伙伴的来到。可伙伴来了，来敲门了，她又不敢去开门。因为母亲坐在那里吓得直哆嗦，她不愿让伙伴看到母亲的模样。可当她听到伙伴下楼去的脚步声时，却不由流下了眼泪。

近来母亲连亮光都害怕了，于是父亲便将家中所有的窗帘都拉上。窗帘被拉上，家中一片昏暗。她置身于其间，再也感受不到阳光，感受不到春天，就连自己的青春气息也感受不到了。

可是往年的现在她是在街上走着的，是和父母走在一起。她双手挽着他们在街上走着的时候，总会遇上一些父母的熟人走来。他们总是开玩笑地说："快把她嫁出去吧。"而父亲总是假装严肃地回答："我的女儿不嫁任何人。"母亲总是笑着补充一句："我们只有这么一个女儿。"

那年父亲拿着一个皮球朝她走来，从此欢乐便和她在一起了。多少年了，他们三人在一起时总是笑声不断。父亲总是那么会说笑话，母亲竟然也学会了，她则怎么也学不会。好几次三人一起出门时，邻居都用羡慕的口气说："你们每天都有那么多高兴事。"那时父亲总是得意扬扬地回答："那还用说。"而母亲则装出慷慨的样子说："分一点儿给你们吧。"她也想紧跟着说句什么，可她要说的没有趣，因此她只得不说。

可是如今屋里一片昏暗，一片寂静。哪怕是三十人在一起时，也仍是无声无息。好几次她太想去和父亲说几句话，但一看到父亲也和母亲一样在发呆，她便什么也不说了，她便走进自己的房间将门关上。然后走到窗前，掀开窗帘的一角偷偷看起了那条大街。看着街上来来往往的人，看着有几个人站在人行道上说话，他们说了很久，可仍没说完。当看到几个熟人的身影时，她偷偷流下了眼泪。

那么多天来，她就是这样在窗前度过的。当她掀开窗帘的一角时，她的心便在那春天的街道上行走了。

此刻她就站在窗前，通过那一角玻璃。她看到街上的行人像蚂蚁似的在走动，然后发现他们走到了一起，他们围了起来。她看到所有走到那里的人都在围上去。她发现那个圈子在厚起来了。

他在街道上盘腿而坐，头发披落在地，看去像一棵柳树。一个多月来，阳光一直普照，那街道像是涂了一层金黄的颜色，这颜色让人心中充满暖意。他伸出两条细长的手臂，好似黑漆漆过又已经陈旧褪色了的两条桌腿。他双手举着一把只有三寸来长的锈迹斑斑的钢锯，在阳光里仔细瞅着。

她看到一些孩子在往树上爬，而另一些则站到自行车上去了。她想也许是一个人在打拳卖药吧，可竟会站到街道上去，为何不站到人行道上去。她看到圈子正在扩张，一会儿工夫大半条街道被阻塞了。然后有一个交通警走了过去，交通警开始驱赶人群了。在一处赶开了几个再去另一处时，被赶开的那些人又回到了原处。她看着交通警不断重复又徒然地驱赶着。后来那交通警就不再走动了，而是站在尚未被阻塞的小半条街上，于是新围上去的人都被他赶到两旁去了。她发现那黑黑的圈子已经成了椭圆。

他嘴里大喊一声："劓！"然后将钢锯放在了鼻子下面，锯齿对准鼻子。那如手臂一样黑乎乎的嘴唇抖动了起来，像是在笑。接着两条手臂有力地摆动了，每摆动一下他都要拼命地喊上一声："劓！"钢锯开始锯进去，鲜血开始渗出来。于是黑乎乎的嘴唇开始红润了。不一会儿钢锯锯在了鼻骨上，发出沙沙的轻微摩擦声。于是他不像刚才那样喊叫，而是微微地摇头晃脑，嘴里相应地发出沙沙的声音。那锯子锯着鼻骨时的样子，让人感到他此刻正怡然自乐地吹着口琴。然而不久后他又一声一声狂喊起来，刚才那短暂的麻木过去之后，更沉重的疼痛来到了。他的脸开始歪了过去。锯了一会儿，他实在疼痛难熬，便将锯子取下来搁在腿上。然后仰着头大口大口地喘气。鲜血此刻畅流而下了，不一会儿工夫整个嘴唇和下巴都染得通红，胸膛上出现了无数歪曲交叉的血流，有几道流到了头发上，顺着发丝爬行而下，然后滴在水泥地上，像溅开来的火星。他喘了一阵气，又将钢锯举了起来，举到眼前，对着阳光仔细打量起来。接着伸出长得出奇也已经染红的指甲，去抠嵌入在锯齿里的骨屑，那骨屑已被鲜血浸透，在阳光里闪烁着红光。他的动作非常仔细，又非常迟钝。抠了一阵后，他又认认真真检查了一阵。随后用手将鼻子往外拉，另一只手把钢锯放了进去。但这次 没再摆动，只是虚张声势地狂喊了一阵。接着就将钢锯取了出来，再用手去摇摇鼻子，于是那鼻子秋千般地在脸上荡了起来。

她看到那个椭圆形状正一点一点地散失开去，那些走开的人影和没走开的人影使她想起了什么，她想到那很像是一小摊不慎失落的墨汁，中间黑黑一团，四周溅出去了点点滴滴的墨汁。那些在树上的孩子此刻像猫一样迅速地滑了下去，自行车正在减少。显然街道正在被腾出来，因为那交通警不像刚才那么紧张地站在那里，他开始走动起来。

他将钢锯在阳光里看了很久，才放下。他双手搁在膝盖上，休息似的坐了好一会儿。然后用钢锯在抠脚背裂痕里的污垢，污垢被抠出来后他又用手重新将它们嵌进去。这样重复了好几次，十分悠闲。最后他将钢锯搁在膝盖上，仰起脑袋朝四周看看，随即大喊一声："剕！"皮肤在狂叫声里被锯开，被锯开的皮肤先是苍白地翻了开来，然后慢慢红润起来，接着血往外渗了。锯开皮肤后锯齿又搁在骨头上了。他停住手，得意地笑了笑。然后双手优美地摆动起来了，沙沙声又响了起来。可是不久后他的脸又歪了过去，嘴里又狂喊了起来。汗水从额上滴滴答答往下掉，并且大口呼哧呼哧地喘气。他双手的摆动越来越缓慢，嘴里的喊叫已经转化成一种呜呜声，而且声音越来越轻。随后两手一松耷拉了下去，钢锯掉在地上发出清脆的声响。他的脑袋也耷拉了下来，嘴里仍在轻轻地呜呜响着。他这样坐了很久，才重新抬起头，将地上的钢锯捡起来，重新搁在膝盖上，然而却迟迟没有动手。接着他像是突然发现了什么，血红的嘴唇又抖动了，又像是在笑。他将钢锯搁到另一个膝盖上，然后又是大喊一声："荆！"他开始锯左腿了。也是没多久，膝盖处的皮肤被锯开了，锯齿又挨在了骨头上。于是那狂喊戛然而止，他抬头得意地笑了起来，笑了好一阵才低下头去，随即嘴里沙沙地轻声叫唤，随着叫唤，他的双手摆动起来，同时脑袋也晃动，身体也晃动了。那两种沙沙声奇妙地合在一起，听去像是一双布鞋在草丛里走动。疯子此刻脸上的神色出现了一种古怪的亲切。从背影望去，仿佛他此刻正在擦着一双漂亮的皮鞋。这时钢锯清脆地响了一声，钢锯折断了。折断的钢锯掉在了地上，他的身体像是失去了平衡似的摇晃起来。剧痛这时来了，他浑身像筛谷似的抖动。很久后他才稳住身体，将折断的钢锯捡起来，举到眼前仔细观瞧。他不停地将两截钢锯比较着，像是要从里面找出稍长的一截来。比较了好一阵，他才扔掉一截，拿着另一截去锯右腿了。但他只是轻轻地锯了一下，嘴里却拼命地喊了一声。随后他又捡起地上那一截，又举到阳光里比较起来。比较了一会儿重新将那截扔掉，拿着刚才那截去锯左腿了。可也只是轻轻地锯了一下，然后再将地上那截捡起来比较。

她看到围着的人越来越少，像墨汁一样一滴一滴被弹走。现在只有那么一圈了，很薄的一圈。街道此刻不必再为阻塞去烦恼，那个交通警也走远了。

他将两段钢锯比较来比较去，最后同时扔掉。接着打量起两个膝盖来了，伸直的腿重又盘起。看了一会儿膝盖，他仰头眯着眼睛看起了太阳。于是那血红的嘴唇又抖动了起来。随即他将两腿伸直，两手在腰间摸索了一阵，然后慢吞吞地脱下裤子。裤子脱下后他看到了自己那根长在前面的尾巴，脸上露出了滞呆的笑。他像是看刚才那截钢锯似的看了很久，随后用手去拨弄，随着这根尾巴的晃动，他的脑袋也晃动起来。最后他才从屁股后面摸出一块大石头。他把双腿叉开，将石头高高举起。他在阳光里认真看了看石头，随后仿佛是很满意似的点了点头。接着他鼓足劲儿大喊一声："宫！"就猛烈地将石头向自己砸去，随即他疯狂地咆哮了一声。

这时候她看到那薄薄的一圈顷刻散失了，那些人四下走了开去，像是一群聚集的麻雀惊慌失措地飞散。然后她远远地看到了一团坐着的鲜血。

四

天快亮的时候，她被母亲一声毛骨悚然的叫声惊醒。然后她听到母亲在穿衣服了，还听到父亲在轻声说些什么。她知道父亲是在阻止母亲。不一会儿母亲打开房门走到了外间，那把椅子微微摇晃出几声“吱呀”。她想母亲又坐在那里了。父亲沉重的叹息在她房门上无力地敲打了几下。她没法再睡了，透过窗帘她看到了微弱的月光，漆黑的屋内呈现着一道惨白。她躺在被窝里，倾听着父亲起床的声音。当父亲的双脚踩在地板上时，她感到自己的床微微晃了起来。父亲没有走到外间，而是在床上坐了下来，床摇动时发出了婴儿哭声般的声响。然后什么声音也没有了，只有她自己的呼吸声。

后来她看到窗帘不再惨白，开始慢慢红了起来。她知道太阳在升起，于是她坐起来，开始穿衣服。她听到父亲从床上站起，走到厨房去，接着传来了一丝轻微的声音。父亲已经习惯这样轻手轻脚了，她也已经习惯。穿衣服时她眼睛始终看着窗帘，她看到窗帘的色彩正在渐渐明快起来，不一会无数道火一样的光线穿过窗帘照射到了她的床上。

她来到外间时，看到父亲从厨房里走了出来。父亲已将早饭准备好了。母亲仍然坐在那里一动不动。她看到母亲那张被蓬乱头发围着的脸时，不觉心里一酸。这些日子来她还没有这么认真看过母亲。现在她才发现母亲一下子苍老了许多，苍老到了让她难以相认。她不由走过去将手轻轻放在母亲肩上，她感到母亲的身体紧张地一颤。母亲抬起头来，惊恐万分地对她说：“我昨夜又看到他了，他鲜血淋漓地站在我床前。”听了这话，她心里不禁哆嗦了一下，她无端地联想起昨天看到的那一团坐着的鲜血。

此刻父亲走过来，双手轻轻地扶住母亲的肩膀，母亲便慢慢站起来走到桌旁坐下。三人便坐在一起默默地吃了一些早点，每人都只吃了几口。

父亲要去上班了，他向门口走去。她则回自己的房间。父亲走到门旁时犹豫了一下，然后转身走到她的房间。那时她正刚刚掀开窗帘在眺望街道。父亲走上去轻轻对她说："你今天出去走走吧。"她转回身来看了父亲一眼，然后和他一起走了出去。

来到楼下时，父亲问她："你上同学家吗？"她摇摇头。一旦走出了那昏暗的屋子，她却开始感到不知所措。她真想再回到那昏暗中去，她已经习惯那能望到大街的一角玻璃了。尽管这样想，但她还是陪着父亲一直走到胡同口。然后她站住，她想到了自己的伙伴，她担心伙伴万一来了，会上楼去敲门。那时母亲又会害怕得缩成一团。所以她就在这里站住。父亲往右走了。这时候是上班时间，街上自行车蜂拥而来又蜂拥而去，铃声像一阵阵浪潮似的涌来和涌去。她一直看着父亲的背影，她看到父亲不知为何走进了一家小店，而不一会儿出来后竟朝她走来了。父亲走到她跟前时，在她手里塞了一把糖，随后转身又走了。她看着父亲的背影是怎样消失在人堆里。然后她才低头看着手中的糖。她拿出一颗，其余的放进口袋。她将糖放进嘴里咀嚼起来。她只听到咀嚼的声音，没感觉出味道来。这时她看到有个年轻人正飞快地骑着自行车在车群里钻来钻去。她一直看着他。

她的伙伴此刻走来了，来到她跟前。伙伴说："你们全家都到哪儿去了？”

她迷惑地望着伙伴，然后摇摇头。

“那怎么敲了半天门没人应声，而且窗帘都拉上了。”

她不知所措地搓起了手。

“你怎么了？”

“没什么。”她说，然后转过头去看刚才那辆自行车，但已经看不到了。

“你脸色太差了。”

“是吗？”她回过头来。

“你病了吗？”

“没有。”

“你好像不高兴？”

“没有。”她努力笑了笑，然后振作精神问，“今天去哪儿？”

“展销会，今天是第一天。”伙伴说着挽起了她的胳膊，“走吧。”

伙伴兴奋的脚步在身旁响着，她在心里对自己说：“忘记那些吧。”

春季展销会在另一条街道上。展销会就是让人忘记别的，就是让人此刻兴奋。冬天已经过去。春天已经来了。他们需要更换一下生活方式了。于是他们的目光挤到一起，他们的脚踩到一起。在两旁搭起简易棚的街道里，他们挑选着服装，挑选着生活用品。他们是在挑选着接下去的生活。

每一个棚顶都挂着大喇叭，为了竞争每个喇叭都在声嘶力竭地叫唤着。跻身于其间的他们，正被巨大的又杂乱无章的音乐剧烈地敲打。尽管头晕眼花，尽管累得气喘吁吁，可他们仍兴致勃勃地互相挤压着，仍兴致勃勃地大喊大叫。他们的声音比那音乐更杂乱更声嘶力竭。而此刻一个喇叭突然响起了沉重的哀乐，于是它立刻战胜了同伴。因为几乎是所有的人都朝它挤去，挤过去的人都哈哈大笑。他们此刻听到这哀乐感到特别愉快，他们都不把它的出现理解成恶作剧，他们全把它当作一个幽默。他们在这个幽默里挤着行走。

她们已经身不由己了，后面那么多人推着她们，她们只能往前不能往后走了。她怀里抱着伙伴买下的东西，伙伴买下的东西两个人都快抱不下了，可伙伴的眼睛还在贪婪地张望着。她什么也没买，她只是挤在人堆里张望，就是张望也使她心满意足。挤在拥挤的人堆里，挤在拥挤的声音里，她果然忘记了她决定忘记的那些。她此刻仿佛正在感受着家庭的气息，往日的家庭不正是这样的气息？

她们就这样被人推着走了出去，于是后面那股力量突然消失。她站在那里，恍若一条小船被潮水冲到沙滩上，潮水又迅速退去，她搁浅在那里。她回身朝那一片拥挤望去，内心一片空白。

她听到伙伴在说："那裙子真漂亮，可惜挤不过去。"

伙伴所说的裙子她也看到的，但她没感到它的迷人。是的，所有的服装都没有迷住她。迷住她的是那拥挤的人群。

"再挤进去吧。"她说，她很想再挤进去，但不是为了再去看那裙子一眼。伙伴没有回答，而是用手推推她，随着伙伴的暗示，她又看到了那个疯子。

疯子此刻就站在不远的地方。他满身都是斑斑血迹，他此刻双手正在不停地挥舞，嘴里也在声嘶力竭地喊着什么。仿佛他与挤在一起的他们一样兴高采烈。

无边无际的人群正蜂拥而来，一把砍刀将他们的脑袋纷纷削上天去，那些头颅在半空中撞击起来，发出的无比的声响，仿佛是巨雷在轰鸣。声响又在破裂，破裂成一小块一小块的声音，而这一小块一小块的声音又重新组合起来，于是一股撕心裂肺的声音巨浪般涌来了。破碎的头颅在半空中如瓦片一样纷纷掉落下来，鲜血如阳光般四射。与此同时一把闪闪发亮的锯子出现了，飞快地锯进了他们的腰部。那些无头的上身便纷纷滚落在地，在地上沉重地翻动起来。溢出的鲜血如一把刷子似的，刷出了一道道鲜红的宽阔线条。这些线条弯弯曲曲，又交叉到了一起。那些没有了身体的双腿便在线条上盲目地行走，他们不时撞在一起，于是同时摔倒在地，倒在地上就再也爬不起来。一只巨大的油锅此刻油气蒸腾。那些尚是完整的人被下雨般地扔了进去，油锅里响起了巨大的爆裂声，一些人体像鱼跃出水面一样被炸了起来，又纷纷掉落下去。他看到半空中的头颅已经全部掉落在地了，在地上铺了厚厚的一层。将那些身体和下肢掩埋了起来。而油锅里那些人体还在被炸上来。他伸出手开始在剥那些还在走来的人的皮了。就像撕下一张张贴在墙上的纸一样，发出了一声声撕裂绸布般美妙无比的声音。被剥去皮后，他们身上的脂肪立刻鼓了出来，又耷拉了下去。他把手伸进肉中，将肋骨一根一根拔了出来，他们的身体立即朝前弯曲了下去。他再将他们胸前的肌肉一把一把抓出来，他便看到了那还在鼓动的肺。他专心地拨开左肺，挨个看起了还在一张一缩的心脏。两根辫子晃晃悠悠地独自飘了过来，两只美丽的红蝴蝶驮着两根辫子晃晃悠悠飞了过来。

她看到疯子又在盯着自己看了，口水从嘴角不停地滴答而下。她听到伙伴惊叫了一声，然后她感到自己的手被伙伴拉住了，于是她的脚也摆动了起来。她知道伙伴拉着她在跑动。

五

那场春雪如今已被彻底遗忘，如今桃花正在挑逗着开放了，河边的柳树和街旁的梧桐已经一片浓绿，阳光不用说更加灿烂。尽管春天只是走到中途，尽管走到目的地还需要时间。但他们开始摆出迎接夏天的姿态了。女孩子们从展销会上挂着的裙子里最早开始布置起她们的夏天，在她们心中的街道上，想象的裙子已在优美地飘动了。男孩子则从箱底翻出了游泳裤，看着它便能看到夏天里荡漾的水波。他们将游泳裤在枕边放了几天，重又塞回箱底去。毕竟夏天还在远处。

这时候在那街道的一隅，疯子盘腿而坐。街道洒满阳光，风在上面行走，一粒粒小小的灰尘冉冉升起，如烟般飘扬过去。因为阳光的注视，街道洋溢着温暖。很多人在这温暖上走着，他们拖着自己倾斜的影子，影子在地上滑去时显得很愉快。那影子是凉爽的。有几个影子从疯子屁股下钻了过去。那时他正专心致志地在打量着一把菜刀。这是一把从垃圾中捡来的菜刀，锈迹斑斑，刀刃上的缺口非常不规则地起伏着。

他将菜刀翻来覆去举起放下地看了好一阵，然后呆滞的脸上露出了满意的笑容，口水便从嘴角滴了下来。此刻他脸上烫出的伤口已在化脓了，那脸因为肿胀而圆了起来，鼻子更是粗大无比，脓水如口水般往下滴。他的身体正在散发着一股无比的奇臭，奇臭肆无忌惮地扩散开去，在他的四周徘徊起来。从他身旁走过去的人都嗅到了这股奇臭，他们仿佛走入一个昏暗的空间，走近了他的身旁，随后又像逃离一样走远了。

他将菜刀往地上一放，然后又仔细看了起来，看着看着他将菜刀调了个方向，认真端详了一番后，接着又将菜刀摆成原来的样子。最后他慢慢地伸直盘起的双腿，龇牙咧嘴了一番。他伸出长长的指甲在阳光里消毒似的照了一会儿后，就伸到腿上十分认真十分小心地剥那沾在上面的血迹。一个多星期下来，腿上的血迹已像玻璃纸那么薄薄地贴在上面了，他很耐心地一点一点将它们剥离下来，剥下一块便小心翼翼地放在一旁，再去剥另一块。全部剥完后，他又仔细地将两腿检查了一番，看看确实没有了，就将玻璃纸一样的血迹片拿到眼前，抬头看起了太阳。他看到了一团暗红的血块。看一会儿后他就将血迹片放在另一端。这里拿完他又从另一端一张张拿起来继续看。他就这么兴致勃勃地看了好一阵，然后才收起垫到屁股下面。

他将地上的菜刀拿起来，也放在眼前看，可刀背遮住了他的眼睛，他只看到一团漆黑，四周倒有一道道光亮。接下去他把菜刀放下，用手指在刀刃上试试。随后将菜刀高高举起，对准自己的大腿，嘴里大喊一声："凌迟！"菜刀便砍在了腿上。他疼得嗷嗷直叫。叫了一会儿低头看去，看到鲜血正在慢慢溢出来，他用指甲去拨弄伤口，发现伤口很浅。于是他很不满意地将菜刀举起来，在阳光里仔细打量了一阵，再用手去试试刀刃。然后将腿上的血沾到刀上去，在水泥地上狠狠地磨了起来，发出一种粗糙尖利的声响。他摇头晃脑地磨着，一直磨到火星四散，刀背烫得无法碰的时候，他才住手，又将菜刀拿起来看了，又用手指去试试刀刃。他仍不满意，于是再拼命地磨了一阵，直磨得他大汗淋漓精疲力竭为止。他松开手，歪着脑袋喘了一会儿气，接着又将菜刀举在眼前看了，又去试试刀刃，这次他很满意。

他重新将菜刀举过头顶，嘴里大喊一声后朝另一侧大腿砍去。这次他嘴里发出一声尖细又非常响亮的呻吟，然后呜呜地叫唤了起来，全身如筛谷般地抖动，耷拉着的双手也不由自主地摇摆了。那菜刀还竖在腿里，因为腿的抖动，菜刀此刻也在不停地摇摆。摇摆了好一阵菜刀才掉在地上，声响很迟钝。于是鲜血从伤口慢慢地涌出来，如屋檐滴水般滴在地上。过了很久，他才提起耷拉着的手，从地上捡起菜刀，菜刀便在他手里不停地抖动，他迟疑了片刻，双手将刀放进刚才砍出的伤口，然后嘴里又发出了那种毛骨悚然的呜呜声，慢慢地他从腿上割下了一块肉。此刻他全身剧烈地摇晃了起来，那呜呜声更为响亮。那已不是一声声短促的喊叫，而是漫长的几乎是无边无际的野兽般的呜咽声了。

这声音让所有在不远地方的人不胜恐惧。此刻这条街上已空无一人，而两端却站满了人。他们怀着惊恐的心情听这叫人胆战心惊的声音。有几个大胆一点的走过去看了一眼，可回来时个个脸色苍白。一些人开始纷纷退去，而新上来的人却再不敢上前去看了。

那声音开始慢慢轻下去，虽说轻下去可不知为何更为恐惧。那声音现在鬼哭狼嚎般了，仿佛从一个遥远的地方传来，阴沉又刺耳。尽管他们此刻挤在一起，却又各自恍若是在昏暗的夜间行走时听到的骇人的声音，而且声音就在背后，就在背后十分从容地响着，既不远去也不走近。他们感到一股力量正在挤压心脏，呼吸就是这样困难起来。

“去拿根绳子把他捆起来。”一个窒息的声音在他们中间亮了出来。于是他们开始说话，他们的声音仿佛被一根绳子牵住似的，响亮不起来。他们都表示赞同。有人走开了，不一会工夫就拿来了一根麻绳。但是没人愿意过去，刚才说话的那人已经消失了。此时那声音越来越低，像是擦着地面呼啸而来。他们已经无法忍受，却又没有离去。他们感到若不把疯子捆起来，这毛骨悚然的声音就不会离开耳边，哪怕他们走得再远，仍会不绝地回响着。于是大家都推荐那个交通警走过去，因为这是他的职责。但交通警不愿一人走过去，交涉了好久才有四个年轻人站出来愿意陪他去。他们每人手里都拿着一根棍子，以防疯子手中的刀向他们砍过来。

他已不再呜咽，已不再感到疼痛，只是感到身上像火烧一样燥热。他嘴里吐着白沫，神情僵死又动作迟缓地在腿上割着。尽管那样子看上去已经奄奄一息，可他依旧十分认真十分入迷。最后他终于双手无力地一松，菜刀掉在了地上。然后他如死去一般坐了很久，才长长地吐了口气，又吃力地从地上捡起了菜刀。

他们五个人拿着绳子走过去，有一个用木棍打掉他手中的菜刀，另四人便立刻用麻绳将他捆起来。他没有反抗，只是费劲儿地微微抬起头来望着他们。

他看到五个刽子手走了过来，他们的脚踩在满地的头颅和血肉模糊的躯体上，那些杂乱的肋骨微微翘起，他们的脚踩在上面居然如履平地。他看到他们身后跟着一大群人，那些人都鲜血淋漓，身上的皮肉都被割去了大半，而剩下的已经无法掩盖暴露的骨骼。他们跟在后面，无声地拥来。他看到五个刽子手手里牵着五辆马车走来，马蹄扬起却没有声音，车轮在满地的头颅和躯体上辗过，也没有声音。他们越来越近，他知道他们为何走来。他没有逃跑，只是默默地看着他们走来。他们已经走到了跟前，那后面一大群血淋淋的骨骼便分散开去，将他团团围住。五个刽子手走了上来，一人抓住他的脖子，另四人抓起他的四肢。他脱离了地面，身体被横了起来。他看到天空一片血色，一团团凝固了的暗红血块在空中飘来飘去。他感到自己的脖子里套上了一根很粗的绳子，随即四肢也被绑上了相同的绳子。五辆马车正朝五个方向站着。五个刽子手跳上了各自的马车。他的身体就这样荡了一会儿。然后他看到五个刽子手同时扬起了皮鞭，有五条黑蛇在半空中飞舞起来。皮鞭停留了片刻，然后打了下去。于是五辆马车朝五个方向奔跑了起来。他看到自己的四肢和头颅在顷刻之间离开了躯体。躯体则沉重地掉了下去，和许多别的躯体混在了一起。而头颅和四肢还在半空中飞翔。随即那五个刽子手勒住了马，他的头颅和四肢便也掉在了地上，也和别的头颅和四肢混在一起。然后五个刽子手牵着马朝远处走去，那一大群血淋淋的骨骼也跟着朝远处走去。不一会他们全都消失了。于是他开始去寻找自己的头颅，自己的四肢还有自己的躯体。可是找不到了，它们已经混在了满地的头颅、四肢和躯体之中了。

黄昏来临时，街上行人如同春天里掉落的树叶一样稀少。他们此刻大多围坐在餐桌旁，他们正在享受着热气腾腾的菜肴。那明亮的灯光从窗口流到户外，和户外的月光交织在一起，又和街上路灯的光线擦身而过。于是整个小镇沐浴在一片倾泻的光线里。

他们围坐在餐桌旁，围坐在这一天的尾声里。在此刻他们没有半点挽留之感，黄昏的来临让他们喜悦无比，尽管这一天已进入了尾声，可最美妙的时刻便是此刻，便是接下去自由自在的夜晚。

他们愉快地吃着，又愉快地交谈着。所有在餐桌旁说出的话都是那么引人发笑，那么叫人欢快。于是他们也说起了白天见到的奇观和白天听到的奇闻。这些奇观和奇闻就是关于那个疯子。

那个疯子用刀割自己的肉，让他们一次次重复着惊讶不已，然后是哈哈大笑。于是他们又说起了早些日子的疯子，疯子用钢锯锯自己的鼻子，锯自己的腿。他们又反复惊讶起来。还叹息起来。叹息里没有半点怜悯之意，叹息里包含着的还是惊讶。他们就这样谈着疯子，他们已经没有了当初的恐惧。他们觉得这种事是多么有趣，而有趣的事小镇里时常出现，他们便时常谈论。这一桩开始旧了，另一桩新的趣事就会接踵而至。他们就这样坐到餐桌旁，就这样离开了餐桌。

接着他们走到了窗前，走到了阳台上。看到月光这么明亮，感到空气这么温馨。于是他们互相说：“去走走吧。”他们便走了出去，他们知道饭后散步有益于健康。不想出去的则坐在彩电旁，看起了与他们无关、却与他们相似的生活来。而此刻年轻人已经在街上走来走去了。

孩子是什么时候出去的，父母根本没觉察，只记得吃饭时他们还坐在桌旁。

年轻人来到了街上，夜晚便热烈起来。灯光被他们搅乱了，于是刚才的宁静也被搅乱了。尽管他们分别走向影剧院，走向俱乐部，走向朋友，走向恋爱。可街道上依旧人来人往。人群依旧如浪潮般从商店的门口拥进去，又从另一个门口退出来。他们走在街上只是为了走，走进商店也是为了走。父母们稍微走走便回家了，他们还要走，因为他们需要走。他们只有在走着的时候才感到自己正年轻。

可是夜晚竟是那样的短暂，夜晚才刚刚来临，却已是深更半夜。尽管夜晚快要结束，尽管他们开始互道“明天见”了，开始独个回家了，可他们心中仍是充满喜悦。因为他们已经尽情享受了这个夜晚，而且他们明天还要继续享受。于是他们兴致勃勃地回家了，于是街道重又宁静了。

此刻商店的灯火已经熄灭，而那些家庭的灯火也已经或者正在熄灭。唯有路灯还亮着，唯有月光还在照耀着。他们开始沉沉睡去，小镇也开始沉沉睡去。但睡不了多久了，因为后半夜马上就会过去，那清晨的太阳也马上就会升起。

那疯子依旧坐着，身上绳子捆得十分结实，从那时到现在他一动不动。直到天快亮的时候，他才从深深的昏迷中醒过来。那时太阳快要升起了，一片灿烂的红光正从东方放射出来。他从昏迷中醒来时，第一眼就看到了那一片红光。于是这时候他仿佛听到了一种吼声，吼声由远至近，由轻到响，仿佛无数野兽正呜咽着跑来。这时候他精神振奋起来了，因为他还看到了一堆熊熊燃烧的大火。现在他可以断定吼声就是从那里飘来。他似乎看到了无数人体以各种姿态纷纷在掉落下来。于是他兴高采烈地跳跃着朝那里跑去。

恍若从沉沉昏睡中醒来，他的内心慢慢洋溢出一种全新的感觉。

一 九 八 六 年

他的眼睛在无知无觉中费力地睁了开来。于是看到了一条街道躺在黎明里，对面的梧桐树如布景一样。

像是昏迷了很久，此刻他清醒过来了。在清醒过来的时候里，他脑中似乎一团烟雾在缭绕，然而现在开始慢慢散去。等到烟雾消散后，他脑中竟像一座空空的房屋一样，里面什么也没有。但透过那个小小的窗口，他开始看到了一些什么，而一些全新的情景也从那个窗口走了进来。

但是现在他感觉不到自己，他想活动一下四肢，可四肢没动静，于是他想晃动一下脑袋，脑袋没有反应。然而他内心却渐渐清晰起来。可是越是清晰便越麻木了，麻木是对身体而言。他明显地感到自己正在失去身体，或者说正在徒劳地寻找自己的身体。竟然会没有了身体，竟然会找不到身体。他于是惊讶起来。

那个时候他开始想起了一些什么，那些东西很多，挤在一起乱糟糟的。他很费力地把它们整理起来。不久后他终于想起自己是在学校的办公室里，两只日光灯明晃晃地闪着，西北风正在屋顶上呼啸。桌上的灰尘很厚，而窗玻璃却格外明净。他想起了自己是在街上走着，是穿着拖鞋在街上走着，有很多人拥着他也在走着。他想起了一群人闯进了他的家，那时他正在洗脚，妻子正坐在床沿上，他们的女儿已经睡了。

现在他完全清醒了，他发现刚才自己所想到的一切都发生在昨夜。现在早霞已经升起来了，太阳尽管还没有升起，可也快了。他肯定那些是发生在昨天夜晚。他是昨天夜晚离开家的，是被人带走的，那时妻子仍然坐在床沿上，妻子麻木地看着他被人带走了。他的女儿哭了，女儿为什么要哭呢?

但是现在他感到自己不在学校办公室里，因为他看到的不是明净的窗玻璃和积满灰尘的办公桌，他看到的是街道和梧桐树。他不知道自己怎么会来到这里。他费劲儿将脑袋整理了一番，仍然不知道自己为何会在这里。于是他不再想下去。他感到自己应该回家了。妻子和女儿也许还在睡，女儿正枕在妻子的胳膊上睡着，而妻子应该将头枕在他的胳膊上，可他现在竟然在这里。他要回家了。他想站起来，可他的身体没有反应。他不知道自己的身体被丢到什么地方去了。没有身体他就不能回家，不能回家让他感到非常伤心。现在他似乎认出这条街道来了。他想只要沿着它往前走，走不远就可以拐弯，拐弯以后就可以看到自己家的窗户了。他发现自己此刻离家很近，可他没有了身体，他没法回家。

他仿佛看到自己正拿着厚厚的书在师院里走着。他看到妻子梳着两根辫子朝他走来，但那时他们不相识，他们擦身而过。擦身而过后他回头看到了两只漂亮的红蝴蝶。他仿佛看到街上下起了大雪，他看到在街上走着的人都弯腰捡起了雪片，然后读了起来。他看到一个人躺在街旁邮筒前死了。流出来的血是新鲜的，血还没有凝固，一张雪片飘了下来，盖住了这人半张脸。

太阳已经升起来了，光芒从远处的云端滑了过来，无声无息。他看到有人在那条街道上走动了。他看到他们时仿佛是坐在远处看着一个舞台，他们在舞台上出现，在舞台上说话并摆出了各种姿势。他不在他们中间，他和他们之间隔着什么。他们只是他们，而他只是他。然后他感到自己站起来走了，走向舞台的远处。然而他似乎仍在原处，是舞台在退去，退向远处。

天亮的时候，她醒了过来。她听到了厨房里碗碟碰撞的声音，她想父亲已经在准备早饭了。而母亲大概还是在原先的地方坐着，还是原先的神态。她不知道这样还要持续多久，不知道发展下去将会怎样。她实在不愿去想这些。她开始起床了，她看到窗帘又如往常一样在闪闪烁烁，她看到阳光在上面移动。她真想去扯开窗帘，让阳光透过明净的玻璃照到床上来，照到她身上来。她下了床，走到镜前慢慢地梳起了头发，她看到镜中自己的脸已经没有生气，已经在憔悴。她心想这一天又将如何度过？这样想着她来到了外间。她突然发现外间一片明亮，她大吃一惊。她看到是窗帘被扯开来，阳光从那里蜂拥而进。那把椅子空空地站在那里，阳光照亮它的一角。

母亲呢？她想。这么一想使她万分紧张。她赶紧往厨房走去。然而在厨房里她看到的不是父亲，而是母亲。那时母亲刚好转过身来，朝她亲切地一笑。她发现母亲的头发已经梳理整齐了，那从前的神色又回到了母亲脸上，尽管这张脸已经憔悴不堪。看着惊讶的她，母亲轻轻说："天亮时我听到他的脚步，他走远了。"母亲的声音很疲倦。她如释重负地微笑了。母亲已经转回身去继续忙起来，她朝母亲的背影看了很久。然后她突然想起了什么，赶紧转过身去。她发现父亲正站在背后，父亲的脸色此刻像阳光一样明亮。她想父亲已经知道了。父亲的手伸过来轻轻在她脑后拍打了几下。她看到父亲的头发全白了。她知道他的头发为何全白了。

吃过早饭，母亲拿起菜篮，问他们：“想吃点什么？”母亲的声音里充满内疚，“已经很久没让你们好好吃了。”

父亲看着她，她也看着父亲。父亲不知如何回答，她也不知说什么。母亲等了一会儿，然后微微一笑，又问：“想吃什么？”

她开始想了，可想了很久什么都没想起来。于是只得重新看起了父亲。这时父亲问她了：“你想吃什么？”

“你呢？”她反问。

“我什么都想吃。”

“我也什么都想吃。”她说。她感到这话说对了。

母亲说：“好吧，我什么都买。”

三人轻轻笑了起来。她说：“我和你一起去吧。”母亲点点头，于是他们三人一起走了出去。

她的双手重新挽住父母了，因此从前的生活也重又回来了。他们现在一起走着，一些熟人又和他们开玩笑了，开的玩笑也是从前的。她走在中间，心里充满喜悦。

来到胡同口，父亲往右走了，他要去上班。她和母亲就站在那里，看着父亲潇洒的背影和有力的双腿。父亲走了不远又回过头来看她们，发现她们正看着自己，他就走得越发潇洒了。她和母亲都禁不住笑了起来。

这时她突然想起了什么，急忙喊了起来。父亲站住脚回头望来。

她继续喊："给我买一个皮球。"

父亲显然一怔，但他随即点点头转身走去了。她不禁潸然泪下。母亲转过脸去，装作没有看到。然后她们两个人就这样默默无语地走了起来。

她们看到前面围着一群人，便走上去看。于是她们看到了那个疯子。疯子还被捆着，疯子已经死了，躺在一个邮筒旁，满身的血迹看去像是染过一样。有几个人正骂骂咧咧地把他抬起来，扔到一辆板车上。另一个骂骂咧咧地提着一桶水走来，往那一摊血迹上一冲，然后用扫帚胡乱地扫了几下便走了。板车被推走了，围着的人群也散了开去。于是她们继续走路。她在看到疯子被扔进板车时，蓦然在心里感到一阵轻松。走着的时候，她告诉母亲说这个疯子曾两次看到她如何如何，母亲听着听着不由笑了起来。此刻阳光正洒在街上，她们在街上走着，也在阳光里走着。

六

就这样春天走了，夏天来了。夏天来时人们一点儿也没有觉察，尽管还是阳春时他们已在准备迎接夏天了，可他们还是没有听到夏天走来的脚步。他们只是感到身上的衣服正在轻起来。但他们谁也没有觉察到夏天来了，他们始终以为自己依旧生活在春天里，他们感到每一天都是一样的美好，所以他们以为春天还在继续着，他们以为春天将会无休止地继续下去。可当他们穿着西装短裤、穿着裙子来到街上时，他们才发现夏天早就来了。他们开始听到知了在叫唤，开始听到敲打冰棍箱的声音。他们开始感到阳光不再美好，而美好的应该是树荫。于是他们比春天里更喜爱现在的夜晚，那夜晚像井水一样清凉，那夜晚里有微风在吹来吹去。于是在夜晚里所有的人都跑出房屋来了，他们将椅子搬到阳台上搬到家门口，他们将竹床搬到胡同里，而更多的他们则走向田野。在无边无际的田野里，他们寻找到了一条条弯弯曲曲的田埂，他们便走上去，走在洒满月光的田埂上。青蛙在两旁稻田里声声叫唤，萤火虫在他们四周闪闪烁烁地飞舞。

总是太阳刚刚落山、晚霞刚刚升起的时候，她从家里走了出来，在胡同口和她的伙伴相遇。她看到伙伴穿着和她一样漂亮的裙子。于是她们并肩走上了大街，她感到伙伴的裙子正在拂打着自己的裙子，而自己的裙子也在拂打着伙伴的裙子。她看到街上飘满了裙子，还有不少裙子正从一个个敞着的门口，一个个敞着的胡同口飘出来。街上的裙子就这样汇聚起来，又那样分散开去。街上的裙子像是一个舞蹈。

这时她们看到一个疯子正一跃一跃地走来，像跳蚤般地走来。那是个干净的疯子，他嘴里一声声叫唤着“妹妹”走来。她们想起来了，这人是谁？她们知道他是在“文革”中变疯的，他的妻子已和他离婚，他的女儿是她们的同学。他嘴里叫着“妹妹”，那是在寻找他的妻子。

“好久没看到他了，我还以为他死了。”伙伴这么说，说毕，伙伴轻轻拉了拉她的手，随即暗示她看前面走来的母女两人。“就是她们。”伙伴低声说。其实不说她也知道。

她看到这母女俩与疯子擦身而过，那神态仿佛他们之间从不相识。疯子依旧一跃一跃走着，依旧叫唤着“妹妹”。那母女俩也依旧走着。没有回过头。她俩走得很优雅。

一九八六年十二月三十一日